AF453185

ASSOCIATION POLYTECHNIQUE

SECTION DE MARSEILLE

UNIVERSITÉ POPULAIRE

Madame B. MUSELIER

Professeur Libre

Officier d'Académie

CONFÉRENCES – COURS – LECTURES POPULAIRES

Exposition Universelle de 1900

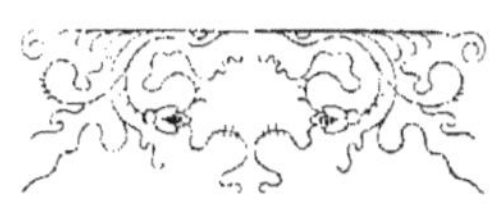

MARSEILLE

IMPRIMERIE GÉNÉRALE ACHARD ET Cie

Rue Chevalier-Roze, 1, 3 et 5

1899

INTRODUCTION

Le volume auquel ces quelques lignes servent d'introduction, est un choix de fragments de l'œuvre d'un professeur libre, Madame B. Muselier.

Cette œuvre qui s'est produite par la parole sous forme de cours, de conférences, de lectures populaires, émane d'une pensée philosophique.

Mme Muselier faisant pour son enseignement abstraction de tout culte, de toute forme religieuse, afin de respecter dans cet ordre d'idées la liberté de chacun, est profondément convaincue cependant que l'humanité ne saurait être considérée comme le résultat, la floraison, d'une simple évolution matérielle, que notre corps n'est que l'habitat, en même temps que l'instrument, d'un hôte mystérieux, inconnu, que nous appelons l'âme, émanation d'un principe spirituel qu'il nous est impossible de définir, de comprendre, mais qui s'affirme incontestablement par ces manifestations intangibles, impondérables, la pensée abstraite, le sentiment de la justice, qui appartiennent à la seule humanité.

Cette conviction paraît au professeur inattaquable tant qu'aucun philosophe matérialiste n'aura irréfutablement démontré comment se produit matériellement la pensée, comment la matière peut avoir conscience d'elle-même, de sa magnifique ordonnance dans l'univers.

Cette conviction est complétée chez lui par celle-ci, que toutes les sociétés humaines s'étant développées, élevées vers la civilisation, avec et par la croyance à l'ordre spirituel, elles ne peuvent, si elles manquent de cette croyance, de cet idéal, que se transformer en troupeaux d'êtres luttant brutalement pour la vie.

Cela lui paraît d'autant plus incontestable que dans la société moderne, la dernière expression du progrès, la forme démocratique, est basée sur une manifestation de l'ordre essentiellement spirituel, le sentiment de la justice qui n'existe pas dans la nature en dehors de l'âme humaine.

Mme Muselier a cru utile de répandre sa conviction, pour ce, elle a eu recours en dehors des programmes officiels du professorat, à l'enseignement post-scolaire par la conférence et le cours public.

Elle a pensé, que l'étude critique de la littérature du siècle qui finit, lui fournirait un terrain favorable au développement de ses idées, par la tendance philosophique dans l'un ou l'autre sens, qui s'est manifestée chez les principaux écrivains de ce siècle ; c'est donc la critique littéraire qu'elle a choisie pour répandre sa conviction en s'adressant à toutes les catégories sociales.

De son initiative personnelle, depuis 1894 jusqu'à aujourdhui, chaque hiver, tous les mercredis, à la salle Carbonel, dans une suite de vingt-cinq conférences par saison, elle a parlé à la bourgeoisie aisée.

En 1896, l'Association Polytechnique qui venait de fonder une section à Marseille, lui ayant confié le cours de littérature, elle s'est adressée par cette voie au public en général, et particulièrement aux jeunes gens des écoles des deux sexes qui, pendant la demi-vacance du jeudi, viennent assister à son cours. C'est la partie la plus importante de son enseignement, celle qui lui donne le plus de satisfaction.

En 1898, toujours sous le patronage de l'Assosiation Polytech-nique réunie à l'Université Populaire qui venait de se fonder à Marseille, elle prenait l'initiative de lectures populaires.

Ces lectures s'adressent particulièrement aux ouvriers qui, après leur journée de travail, prennent plaisir à orner, à développer leur intelligence ; elles sont accompagnées de commentaires explicatifs, elles ont lieu dans la salle d'une école communale, et ont réuni à la fin de la première année une cinquantaine d'auditeurs. L'emploi de quelques fonds, qui en fasse connaître l'existence, en assurera le succès complet. L'idée s'est développée, l'Université Populaire a fondé des lectures dans les différents quartiers de Marseille.

Allant plus avant dans cette voie, Mme Muselier a accepté de faire partie de l'école de réforme des jeunes détenus de la prison Chave, œuvre de rénovation, de secours intellectuel et moral du plus haut intérêt ; en même temps, toujours dans le même ordre d'idée, elle apportait à différentes sociétés le concours de sa parole.

CONFÉRENCES DE LA SALLE CARBONEL

Fondées en 1894

CINQUIÈME ANNÉE 1898–1899

QUATRIÈME CONFÉRENCE

ZOLA

CINQUIÈME ANNÉE 1898-1899

CONFÉRENCE N° 4

ZOLA

Il est impossible, Mesdames et Messieurs, dans une étude sur les écrivains du siècle, de passer sous silence la personnalité littéraire de M. Zola.

Cette personnalité tient trop de place, par les questions d'art qu'elle a agitées, par les nombreux mille de la réimpression de ses œuvres, pour que nous négligions de rechercher avec vous qu'elle a pu être la nature de l'influence qu'elle a exercée sur la génération à laquelle nous appartenons.

Cette influence est-elle vraiment considérable et tout ce qui s'écrit et s'imprime à notre époque dans ce genre a-t-il un retentissement appréciable, bon ou mauvais, sur l'état moral d'un peuple ?

Oui ! car le livre avec la diffusion de l'instruction élémentaire, de la lecture, est une force salutaire ou redoutable, un milieu qui agit sur l'être moral aussi sûrement que le climat sur l'être physique.

Il ne faut pas oublier que si l'homme se développe par l'influence des milieux auxquels le créateur l'a soumis, seul, parmi tous les êtres, il lui est donné dans une certaine mesure d'agir sur ces milieux, d'en créer même de nouveaux et d'influencer par là son propre développement. Ainsi, le toit qui l'abrite, le vêtement qui le couvre, l'association avec ses semblables, produits de sa volonté, ont constitué à l'origine des milieux, des conditions de développement, qui ont conduit l'être isolé et faible du début à former l'humanité.

De tous les milieux constitués par cette humanité, le plus puissant, celui dont elle a tiré les plus grands résultats, est à coup sûr la conservation de l'expérience, des pensées des hommes qui ont vécu, des prédécesseurs de chaque époque. Simple tradition à l'origine, se transmettant verbalement du vieux au jeune, du père au fils ; se conservant mieux ensuite par le tracé de signes conventionnels sur la pierre, elle a fini par former, après l'invention de l'écriture, ces archives immenses qui, sous le nom de littérature, contiennent au bénéfice de l'humanité qui va naître, la pensée de l'humanité qui a vécu, et qui, passant par les œuvres d'*Aristote* et de *Platon*, aboutissent pour le moment en France — il faut bien le dire — aux romans de *M. Zola*.

Fictions ! direz-vous ! oui, bien qu'on prétende les avoir calquées sur la nature, mais fictions, qui, demeurant figées dans le livre, impressionnent les âmes simples, bien plus profondément que l'événement qui se produit et qui passe, milieu puissant et actif, plus apte qu'on ne l'imagine à influencer la marche d'une société.

Donc, la littérature constitue — c'est incontestable — un élément de développement social. Nous l'avons dit souvent : qui écrit, qui est lu, encourt envers la société tout entière une responsabilité. Il convient donc de rechercher, comment l'écrivain comprend cette responsabilité, quelle est la valeur morale éducatrice de l'œuvre où il a mis toute sa pensée ; et à ce point de vue, la façon dont il envisage les problèmes fondamentaux de notre nature doit être examinée.

C'est ce que nous allons faire à propos de *M. Zola*.

Le point de départ des conceptions littéraires de cet écrivain, est le coup d'œil qu'il a jeté sur la science au début de sa carrière. Il a été frappé, émerveillé, par la conséquence qu'a eue dans le domaine scientifique la méthode expérimentale, conséquence qui n'est autre, que la théorie évolutionniste qu'il a acceptée dans toutes ses conclusions.

Il n'est pas facile, Mesdames et Messieurs, de condenser l'énoncé de cette théorie en quelques lignes ; mais nous en avons déjà parlé, cela va nous aider à le tenter, et vous évitera des développements ennuyeux et hors de sujet.

Voici cet énoncé tel que nous le concevons :

Tous les faits que nous pouvons constater dans l'univers sont le résultat immédiat de faits antérieurs qui, depuis l'origine, s'engendrent successivement, et évolutionnent, en s'influençant les uns les autres, sans l'intervention d'aucune puissance surnaturelle existant en dehors d'eux, ou plus simplement sans intervention divine.

Vous vous en souvenez sans doute, Mesdames et Messieurs, nous avons eu à vous parler l'année dernière, à propos de *Taine* de cette conception matérialiste de l'univers.

Notons à nouveau, à l'encontre de cette doctrine, que la cause comme la fin des phénomènes lui échappent complètement, et que dans la longue série des faits naturels, les causes de l'apparition de la vie, et la pensée humaine qui la complète, lui sont absolument inconnues : mystère qui nous autorise en acceptant la théorie évolutionniste, à ne la considérer que comme l'exposé des moyens d'action employés par Dieu, principe et cause de toute chose, pour mettre en œuvre la matière dans la nature.

Ce n'est certes pas à ce dernier point de vue que s'est placé M. *Zola* : c'est la conception purement matérialiste qu'il a adoptée.

Enthousiaste des beaux travaux de *Claude Bernard*, il a cru que la méthode expérimentale était applicable à tout, puis s'exagérant le rôle du romancier, c'est-à-dire du conteur qui imagine ses histoires, ou de l'observateur qui rend compte de ses observations, il a voulu faire du Roman une œuvre scientifique ; il a imaginé — c'est bien l'expression qui convient — le Roman expérimental, ne paraissant pas se douter combien ces deux mots s'accouplent mal, parce qu'il ne peut rien résulter de sérieux, de définitif, d'une expérimentation faite sur un thème forcément fictif dans sa plus grande partie.

Quelle idée, M. Zola, se fait-il de la nature intime de l'homme ? Sûrement celle qui découle des théories matérialistes auxquelles il adhère.

Certainement nous conviendrons avec lui que l'homme, au premier aspect, est une bête qui ressemble beaucoup aux autres bêtes vivantes ; que ses fonctions physiologiques diffèrent fort peu des leurs ; mais nous remarquerons que seul, parmi toutes les bêtes, il a pu acquérir une connaissance complète de ce fonctionnement, ce qui semble bien indiquer qu'il y a en lui quelque chose de plus que chez ses voisins dans la nature — Quoi donc ! Simplement une âme — Qu'est ceci *une âme* ? *Claude Bernard*, le grand physiologiste, sous le patronage duquel se place *M. Zola*, nous avertira *qu'il n'a jamais rencontré cet objet sous la pointe de son scalpel ; qu'après tout, l'homme pense comme il digère, que son cerveau n'est qu'un organe comme son estomac, à cela près qu'il est chargé de sécréter la pensée.*

Sécréter la pensée ! qu'est-ce que cela peut vouloir dire ? Si nous sommes bien informés, une sécrétion n'est que la transformation d'éléments matériels en d'autres éléments matériels. Or, la pensée n'a absolument rien de matériel en elle-même que nous sachions. Qui osera nous dire que la pensée suinte de nos cellules cérébrales, quand immobiles, les yeux clos, nous avons la conception des lois mathématiques qui maintiennent les astres sur leur orbite ? Qui nous dira quelle vibration, quelle modification moléculaire se produit dans notre cerveau quand la mort, ou simplement le départ d'un être qui nous est cher, nous torture et nous abat ? Ou encore quand réprimant notre douleur, nous récupérons notre sang-froid, et sous l'empire de la volonté, nous contenant, nous reprenons la direction de notre être moral et physique ? Quelle relation y a-t-il même entre ces phénomènes intangibles et n'importe quelle vibration moléculaire si on parvient quelque jour à nous montrer qu'il en existe conjointement avec eux.

Vous ignorez — nous ignorons — le premier mot de la cause de ce mystérieux phénomène, vous n'avez absolument rien à nous dire, aucune explication à nous fournir de ces faits si différents de tous ceux de notre organisme physique, et cela vous enlève, à notre avis, le droit d'affirmer quoi que ce soit qui les y rattache.

Vous savez comment nous digérons, comment nous respirons, toutes les réactions chimiques de notre bête vous sont aujourd'hui connues, mais vous ne savez pas comment nous pensons. Où prenez-vous alors le droit de nier l'existence d'une puissance, d'une force échappant à nos moyens d'investigation ? Vous allez nous dire, sans doute, que les secrets de notre organisme physiologique n'ont pas toujours été connus, que l'humanité qui compte tant de siècles d'existence, ne s'est initiée exactement au fonctionnement de sa bête agissante que depuis un siècle à peine, que l'avenir lui réserve de pénétrer le mystère de sa personnalité pensante.

Ceci n'est qu'une présomption absolument dénuée de preuves ; et nous dirons plus, nous sommes en droit de ne pas croire à sa réalisation, parce que pour arriver à la connaissance de sa bête agissante, l'homme n'a eu qu'à suivre, qu'à observer des faits palpables, tangibles, matériels qui, de l'un à l'autre, l'ont conduit à la vérité organique laquelle est elle-même un fait matériel ; tandis que la pensée n'étant en soi rien de matériel, sa connaissance ne nous paraît pas pouvoir résulter, d'une suite d'observations, de déductions, sur des faits matériels.

Ce mystère, cet inconnu, dont vous faites si bon marché, sur lequel nous nous arrêtons, est cette source féconde que nous appelons l'âme. Nous en constatons l'existence sans en connaître mieux que vous la nature intime, mais cette existence nous paraît indéniable. Nous sommes donc obligés de reconnaître dans l'homme, deux personnalités : la personnalité physiologique, celle de la bête; et la personnalité psychologique, celle de l'être pensant, de l'âme, qui fait la vraie, la seule supériorité de l'homme sur le reste de la création.

Et si vous dites qu'un cerveau blessé, malade, ne donnant lieu qu'à une pensée incohérente, prouve bien qu'il est l'organe producteur de cette pensée, vous n'aurez pas fait faire un pas de plus à la question dans le sens où vous le désirez, car nous vous répondrons que cet organe n'est qu'un intermédiaire, un instrument, un lien entre le monde matériel et le monde spirituel, entre l'âme et le corps, et que le fait de l'incohérence de son fonctionnement ne prouve pas plus qu'il est le producteur de la pensée, que les sons affaiblis ou faux, d'un violon fendu ou décollé, ne prouvent qu'il est le producteur de la phrase musicale qu'il ne peut plus traduire.

Pour être logique avec sa conception philosophique, M. Zola, devait dans ses romans, dans ses études sur l'homme, s'attacher surtout à la personnalité physiologique; il n'y a pas manqué, et a affirmé à plusieurs reprises dans ses morceaux de critique et de discussion que tel était son dessein. Pour mettre cette affirmation à la portée de tous ses lecteurs, il l'a intercalée dans un de ses romans l'*Œuvre*, et n'étant point en cette occasion ennemi de la littérature personnelle, il a choisi un de ses héros, l'écrivain *Sandoz* que nous désignerons volontiers par le nom composé de *Zola-Sandoz*, pour être le porte-parole de ses théories, que nous allons du reste, vous exposer en citant le passage.

Il s'agit d'une conversation entre artistes et gens de lettre, émaillée de jurons dont naturellement nous nous dispenserons.

Lecture de l'*Œuvre* de la page 209 à la page 211 :

« Etudier l'homme tel qu'il est, non plus leur pantin métaphysique, mais
« l'homme physiologique, déterminé par le milieu, agissant sous le jeu de
« tous ses organes... N'est-ce pas une farce que cette étude continue et
« exclusive de la fonction du cerveau, sous prétexte que le cerveau est
« l'organe noble?... La pensée, la pensée, eh! tonnerre! la pensée est le
« produit du corps entier.

« Faites donc penser un cerveau tout seul, voyez donc ce que devient la
« noblesse du cerveau quand le ventre est malade!.. Non, c'est imbécile;
« la philosophie n'y est plus, la science n'y est plus, nous sommes des
« positivistes, des évolutionnistes et nous garderions le mannequin littéraire
« des temps classiques et nous continuerions à dévider l'écheveau emmelé
« de la raison pure! Qui dit phsychologue dit traitre à la vérité. D'ailleurs
« physiologie et psychologie cela ne signifie rien: l'une a pénétré l'autre,
« toutes deux ne sont qu'une aujourd'hui, le mécanisme de l'homme abou-
« tissant à la somme totale de ses fonctions. Ah! la formule est là, notre
« révolution moderne n'a pas d'autre base : c'est la mort fatale de l'antique

« société, c'est la naissance d'une société nouvelle et c'est nécessairement la
« poussée d'un nouvel art, dans ce nouveau terrain... Oui, on verra la
« littérature qui va germer pour le prochain siècle de science et de démo-
« cratie. »

Puis Zola-Sandoz explique qu'il a trouvé le plan de son *Œuvre*.

Lecture. — « Je vais prendre une famille et j'en étudierai les membres un
« à un, d'où ils viennent, où ils vont, comment ils réagissent les uns sur les
« autres; enfin une humanité en petit, la façon dont l'humanité pousse et
« se comporte... D'autre part, je mettrai mes bonshommes dans une
« période historique déterminée ce qui me donnera le milieu et les circons-
« tances .. Hein? tu comprends une série de bouquins, quinze, vingt bou-
« quins, des épisodes qui se tiendront tout en ayant chacun son cadre à
« part, une suite de romans à me bâtir une maison pour mes vieux jours;
« s'ils ne m'écrasent pas. »

Vous le voyez, Mesdames, c'est bien *M. Zola* qui parle par la
bouche de *Sandoz* puisqu'il lui fait exposer le plan de ses *Rougon-
Macquart.* — Sandoz continue :

Lecture. — « Ah ! bonne terre ! prends-moi toi qui est la mère commune
« l'unique source de la vie, toi l'éternelle immortelle où circule l'âme du
« monde, cette sève épandue jusque dans les pierres, et qui fait des arbres
« nos grands frères immobiles !... Oui, je veux me perdre en toi, c'est toi
« que je sens là sous mes membres, m'étreignant et m'enflammant. *C'est toi
« seule qui sera dans mon œuvre comme la force première le moyen et le but,*
« l'arche immense où toutes les choses s'animent du souffle de tous les
« êtres !... Puis. *Est-ce bête une âme à chacun de nous quand il y a cette
« grande âme.* »

Tout cela, Mesdames, en tenant compte de ce qu'il y a de décla-
matoire, d'erroné, de faux et de naïf dans ses affirmations superbes
et intolérantes, c'est la théorie même du naturalisme, selon
M. Zola.

Voilà donc qui est bien clair : Psychologie, pensée, allons donc!
Ce n'est pas seulement la conception spiritualiste que *Zola Sandoz*
repousse, c'est même la suprématie de la pensée sur le reste de
l'homme. *Plus de pantin métaphysique,* une bête qui fonctionne
et chez laquelle le produit de l'intelligence n'aura pas plus de
valeur que tout autre produit de son individu.

Une âme à vous, pourquoi faire, n'y a-t-il pas l'âme du monde ?

Il est facile pour faire la joie des sectaires et des badauds de
traiter avec dédain la personnalité morale de l'homme, de la qua-
lifier de *pantin métaphysique,* un mot fait pour plaire aux naïfs,
aux ignorants, mais nous comprenons difficilement qu'un écrivain
de la valeur de *M. Zola* ait pu se méprendre sur un pareil sujet.
Qu'il n'ait pas admis que la psychologie seule est tout l'homme —
d'accord — mais qu'il n'admette pas que la physiologie seule

ne l'est pas davantage : que c'est du mélange de ces deux éléments, dans des proportions qui varient, selon le degré d'instruction et d'éducation, que résulte la personnalité humaine, nous ne nous l'expliquons pas.

Pourquoi donc ce bon *Zola-Sandoz* se plaît-il à ridiculiser la psychologie ? Ignore-t-il que si elle est pour les philosophes l'étude des facultés de l'âme, elle est pour le romancier l'étude des sentiments qui procèdent de ces facultés, sentiments qui sont très réels, très naturels, que toute créature humaine éprouve. Aussi en voulant la rejeter de son Œuvre, il se condamnera à n'instituer ses expériences, à ne chercher ses sujets, que dans les milieux où on la rencontre le moins, c'est-à-dire dans les couches tout à fait inférieures de l'humanité.

Nous avons dit tantôt que sous l'influence de ses prédilections scientifiques, *M. Zola* avait imaginé ce qu'il a appelé le roman expérimental-naturaliste. Il nous a expliqué tout au long, dans une cinquantaine de pages de critique, ce qu'il entendait par là. Examinons ce que cette création, qui lui est absolument personnelle, contient de vérité, ce qu'elle vaut.

Partant de son admiration pour *Claude Bernard*, il a simplement cru pouvoir appliquer au roman, les théories de l'introduction à la médecine expérimentale.

Le savant observe les phénomènes naturels, et déduit de ses observations certaines conséquences. Pour contrôler la valeur de ses observations, pour pousser plus avant ses investigations vers l'inconnu, il institue une expérience, c'est-à-dire qu'il place le sujet qu'il veut étudier dans certaines conditions de milieux créés par lui et parfaitement connus. Il constate alors comment abandonné à ces milieux, à leur influence, le sujet se comporte.

Remarquons tout de suite que le savant, l'observateur, n'intervient que pour établir les conditions de l'expérience, les milieux, puis se tient coi et attend que les phénomènes se produisent pour en prendre note.

Appliquant la méthode au roman, *nous voyons également,* dit M. Zola, *que le romancier est fait d'un observateur et d'un expérimentateur. Après avoir observé, il établit le terrain solide sur lequel vont marcher les personnages, c'est-à-dire qu'après avoir établi les milieux, l'expérimentateur parait, et institue l'expérience — je veux dire — fait mouvoir les personnages.*

Inutile d'aller plus loin ! L'expérience, en tant que moyen scientifique, n'existe plus dès l'instant que l'expérimentateur, le romancier, au lieu de se tenir coi et d'attendre les événements,

est obligé de faire mouvoir les personnages, que son individualité,
se substitue à la leur pour amener un résultat.

Je prendrai, pour exemple, continue M. Zola, *la figure du baron
Hulot dans la cousine Bette de Balzac. Le fait général, observé par
Balzac, est le ravage que le tempérament incontinent d'un homme
amène chez lui, dans sa famille et dans la société. Dès qu'il a eu
choisi son sujet, il est parti des faits observés, puis il a institué
l'expérience en soumettant Hulot à une série d'épreuves, en le
faisant passer par certains milieux pour montrer le mécanisme de
la passion, il y a là expérimentation* : Non ! pour qu'il y eût
expérience, en sens scientifique du mot, il faudrait que ce fût
Hulot lui-même, être vivant, qui, placé dans les milieux choisis
par le romancier, agit librement sous leur l'influence, et non
par l'imagination de ce romancier, qui crée les actes et donne
les solutions, car si des corps inertes ne peuvent se comporter
que d'une seule façon dans l'expérience à laquelle on les soumet ;
si une molécule d'acide sulfurique, mise en présence d'une molécule de chaux, ne peut que forcément s'en emparer ; l'être *pensant*
aura plusieurs solutions, il agira dans un sens ou dans l'autre en
vertu de son libre arbitre, et si l'expérience se répète, peut-être
une fois dans un sens, une deuxième fois dans l'autre.

Or qui me dit que dans votre roman votre imagination, — ou
mieux, si vous préférez, — votre jugement, vous aura fait choisir
la vraie solution, celle qu'aurait choisie *Hulot* en chair et en os ?
Absolument rien ! donc l'expérience, en temps que preuve scientifique, perd toute sa valeur, n'existe plus.

Voilà *Coupeau*, de l'*Assommoir*, excellent ouvrier, bon père de
famille. Un jour il aperçoit du haut d'un toit sa petite fille qui
passe dans la rue ; pour lui faire risette, il perd l'équilibre, et se
cassa la jambes, d'où inaction forcée jusqu'à la guérison, ce qui
est la constitution de nouveaux milieux. Sous cette influence,
pendant cette inaction, *Coupeau* perd le goût du travail, devient
paresseux, ivrogne et tout ce qui s'en suit. Pourquoi cela plutôt
qu'autre chose ? pourquoi ce père qui aime son enfant, ne serait-
il pas aussi bien tourmenté par la vue des privations que sa
maladie entraine pour sa famille, et ne prendrait-il pas plus de
cœur à l'ouvrage pour lui rendre le bien-être ? Ces deux solutions
sont également vraisemblables sous l'influence du milieu que
vous avez créé ; et le choix de l'une, plutôt que de l'autre, pour
qu'il y eût expérience, devrait dépendre de la volonté d'un
Coupeau vivant, et non de la vôtre, qui imaginez la solution qui
conduit le mieux à la suite que vous vous proposez. Et encore si

nous transportons le cas, de la fiction à la réalité ; s'il est unique, il ne saurait constituer une expérience, plusieurs solutions pouvant y répondre ; ce n'est qu'après bon nombre de cas semblables, en prenant la moyenne des solutions intervenues, que nous pourrons établir une conclusion expérimentale. Cela est-il du domaine du roman ? Assurément non. Il n'y a donc pas d'expérimentation scientifique possible dans la fiction, à moins que vous n'affirmiez qu'il n'existe que la solution que vous nous donnez, et que tous les ouvriers blessés et rendus momentanément inactifs, sont forcément conduits à la paresse et à l'ivrognerie, ce qui n'est heureusement pas exact.

Au fond cette prétention à la science est une manifestation de vanité démesurée dans laquelle *M. Zola* ne vient qu'après *Dumas fils* et les *de Goncourt*. Ces écrivains, comme nous l'avons vu l'année dernière, ont cru faire du romancier et de l'auteur dramatique des Magistrats improvisés : ils ont pensé préparer l'histoire de leur époque, comme si leurs travaux portant généralement sur des cas exceptionnels, pouvaient prétendre à la reproduire ; ils ont dédaigné le rôle d'amuseur, même relevé par la grandeur artistique, ils ont préféré exercer cette sorte de magistrature libre, instituée par eux, qui n'a produit que de médiocres résultats, et si leurs œuvres subsistent ce sera surtout par leur côté intéressant — disons le mot — amusant.

Mais revenons au cas particulier de *M. Zola*, à la méthode expérimentale appliquée par lui au roman. La véritable cause de son erreur, c'est son matérialisme absolu, c'est qu'il admet à priori, — sans preuve puisqu'il n'en existe pas — que la pensée est une production d'organe dont on connaîtra avant peu le mécanisme ; c'est qu'il ne croit pas à l'indépendance de notre être pensant, à notre libre arbitre : il affirme que notre âme est soumise au déterminisme absolu des milieux, sans réaction personnelle, il la croit condamnée à obéir comme une simple molécule de carbone ou d'azote, parce que l'instrument qui la contient et la traduit est soumis aux lois de la matière. Cependant cette faculté indéniable que possède l'homme, que l'histoire de l'humanité à toutes les époques constate, d'agir sur les milieux, de les modifier à son usage, et comme nous l'avons dit tantôt d'en créer même de nouveaux, est la preuve suffisante d'une liberté, au nom de laquelle nous disons : il n'y a pas, il ne peut y avoir de roman expérimental, au sens scientifique du mot, comme l'entend M. Zola. Il n'y a que du roman d'imagination et du roman d'observation, et généralement et avec plus de raison, une combinaison des deux genres, dans laquelle l'écrivain serre de plus ou moins près la réalité, donnant à chacun des éléments de notre nature la juste part qu'il y occupe.

C'est à ce point de vue que nous allons maintenant étudier l'œuvre de *M. Zola*.

Cette œuvre est surtout, comme vous le savez sans doute, l'histoire naturelle et sociale d'une famille sous le Second Empire *les Rougon-Macquart*.

Toujours hanté par la mixture à faire de la science et du roman *M. Zola* écrivait une préface qui ouvre la série :

« *Je veux expliquer comment une famille, un petit groupe d'êtres, se comporte dans une société, en s'épanouissant pour donner naissance à dix, à vingt individus, qui paraissent au premier coup d'œil profondément dissemblables, mais que l'analyse montre intimement liés les uns aux autres. L'hérédité a ses lois comme la pesanteur.* »

Voilà une de ces affirmations dans lesquelles *M. Zola* excelle et qui ont surtout le mérite de vouloir établir comme incontestable une vérité douteuse. Que l'hérédité ait ses lois, c'est probable, mais elles sont absolument inconnues. De nos jours la science sait parfaitement et le commun des martyrs avec elle, qu'un père névrosé ou phtisique peut produire un fils névrosé ou phtisique, sans que la conséquence soit fatale, mais en vertu de quelle loi. Par quels moyens ? Elle l'ignore absolument encore, et surtout elle n'a pas établi que la névrose d'une *Adélaïde Fouque* doit forcément produire l'ivrognerie chez l'un de ses descendants, l'exaltation religieuse chez l'autre, ou le génie dans un troisième. Si bien que comparer les lois mystérieuses de l'hérédité aux lois si absolument, si mathématiquement déterminées de la pesanteur c'est donner un tour de rein à la réalité et au bon sens, en voulant quand même, au nom du naturalisme, mettre sur le même niveau la vie encore pleine de mystères et la matière.

Ceci nous conduit à nous demander, Mesdames et Messieurs, comment l'auteur des *Rougon-Macquart* a compris la réalité dont il doit se rapprocher le plus possible de par la doctrine du roman expérimental, et encore de quoi doit être faite cette réalité. A cet égard, *Balzac*, le maître du réalisme, peut nous servir de guide. D'abord peinture exacte du cadre, des milieux dans les détails ; puis peinture non moins exacte du groupe humain qui s'agite dans ce cadre avec les signes distinctifs de chaque personnage, les caractères, les mouvements d'âme qui en découlent.

Est-ce ainsi que *M. Zola* a compris la réalité ? Pour la peinture des milieux, certainement oui ; il est allé même beaucoup plus loin que *Balzac* en évitant la lourdeur qu'on reproche au style du maître réaliste, cherchant à produire avec les procédés des *de Goncourt* la sensation absolue du réel, par l'abondance des détails; encombrant même son sujet, par l'emploi, on peut dire par l'abus des termes techniques, qu'il emprunte sans doute aux manuels spéciaux de chaque métier : Dans le *Ventre de Paris,* par exemple, il nous met complètement au courant de la charcuterie ; galantine, boudin, saucisse et saucisson ; nous apprenons de lui comment tout cela se fabrique, nous connaîtrons avec quel outillage, écumoire, cuillère et fourchette à long manche, machine à hacher, à refouler, etc. Puis, dans le *Rêve*, ce sera le manuel du chasublier, brodeur d'ornements sacerdotaux ; nous apprendrons que la pièce de bois sur laquelle s'appuie le métier s'appelle la chanlatte, qu'il y a un diligent avec son engrenage et ses brochettes, puis un tatignon de cuivre, des poinçons, des mène-lourd, etc. Nous connaîtrons ailleurs l'outillage des zingueurs, du soudeur en métaux, du forgeron, du mineur et ainsi de même pour chaque corps de métier que met en scène l'auteur.

Après avoir cherché à produire l'impression du réel, par l'énumération détaillée des objets, *M. Zola* y joint, celle que peut produire le langage spécial à chaque catégorie, à chaque classe de la population qui anime ses romans.

Ici il a créé, il a inauguré, sans aucun scrupule : personne avant lui n'avait osé déposer des ordures, *non dans l'histoire,* comme dit *V. Hugo,* mais dans le roman, il a foulé aux pieds, la règle connue : *le lecteur peut être respecté !* La grossièreté, l'obscénité, s'étalent sans aucune contrainte dans son œuvre, il ne nous épargne rien de ce qui est laid ou dégoûtant, et on est en droit d'affirmer, que sous couleur de naturalisme et de réalité, il est sorti en cela du domaine de l'art, qui est toujours, pensons-nous, la recherche du beau. Ses admirateurs quand même, ont prétendu que ses tableaux grouillant de vie, acquéraient une certaine force, une certaine grandeur, partant une vraie beauté, par les touches de réalité ordurière dont il les a colorés — voilà ce que nous ne saurions comprendre.

Il nous est impossible d'admettre, pour, prendre un exemple entre mille, qu'il soit utile pour nous peindre le paysan et la terre, de créer le personnel ignoble auquel je me fais un scrupule d'appliquer le nom que *M. Zola* lui a donné, qui macule chaque page du roman de ses actes, de ses paroles ; et en fait de rappel à la réalité, à la sensation, place le lecteur à la bouche d'un égout Pourquoi encore, le choix de ce nom pour un personnage imaginaire? choix qui offense les croyances, la foi de tant de gens, et même en dehors de toute question de foi religieuse, quelle utilité y avait-il au point de vue réaliste, à donner à cette brute le nom de la plus sublime personnalité que l'humanité ait connue, qui l'a placée sur la voie de la vraie civilisation n'en déplaise à la science de *Claude Bernard* et de *M. Zola.* Par ce genre de réalisme *M. Zola* a encouru le reproche qu'on lui fait, les uns disent à tort — beaucoup pensent que c'est justement — d'avoir spéculé sur la curiosité malsaine des foules, pour multiplier les éditions, et édifier sa fortune.

Aux éléments de la réalité, des milieux, il faut ajouter la description des localités, dans laquelle par exemple *M. Zola* excelle, sachant merveilleusement mettre en lumière l'ensemble, faisant valoir les détails l'un par l'autre, les animant de la grande vie de la nature, avant de les peupler de ses personnages, utilisant le souffle du vent, un rayon de soleil, une envolée de moineaux.

Là, il est absolument un maître, un artiste, un très grand artiste. Dans ce genre lisez entre autres choses, Mesdames et Messieurs, le Ier, le IIe et le IVe chapitre de *l'Abbé Mouret;* je cite un peu au hasard, mais les peintures de cette valeur abondent dans l'œuvre du maître naturaliste.

Comment a-t-il compris l'autre face du réalisme, celle qui ne s'attache pas à l'accumulation et à l'aspect des choses, mais qui a trait au caractère humain, aux phénomènes de pensée, aux mouvements, d'âme à la psychologie enfin? Ici les théories matérialistes que nous vous avons fait connaître, Mesdames et Messieurs, au commencement de notre conférence, sont appliquées par l'écrivain, et elles le possèdent tout entier.

M. Zola ne connaît qu'une chose : le bouillonnement de la marmite matérialiste au-dessus de laquelle surnage une animalité un peu plus raffinée que le reste, qui est l'homme — pas autre chose — pour lui, voilà le monde.

Il en résulte que s'il devait se trouver en présence d'un homme, comme le beau-père de *Julia de Trécœur,* qui presque sans actes, sans paroles, sans gestes, laisse seulement deviner la lutte que son âme livre à son animalité, pour pouvoir rester victorieux de la plus séduisante des tentations, pour se maintenir debout, son honneur intact; la chose serait au-dessus de son talent, il renoncerait probablement à lui donner place dans son œuvre, à traiter un problème qui n'est pas de sa compétence. Il nous l'a dit plusieurs fois dans ses romans, dans ses œuvres de polémique et de critique, *le pantin métaphysique a fait son temps,* une belle et puissante animalité surgissant de *l'alma mater* de la terre, voilà son affaire. Aussi l'œuvre tout entière est physiologique, sans ce juste mélange de psychologie dont nous parlions tantôt, en définissant le roman normal.

Qu'en résulte-t-il ? C'est que *M. Zola* est conduit comme nous l'avons déjà dit, à ne chercher ses sujets que dans les parties les moins cultivées de l'humanité, où la psychologie a le moins de chance d'entrer en jeu : à n'être que le peintre brutal et triste, des instincts aveugles, des passions grossières, des amours charnelles, des parties basses et répugnantes de la nature humaine.

S'il vous parle de l'admirable torture qui nous fait mère, ses descriptions de carabin sans vergogne, laisseront de côté tout ce qu'il y a de grandeur morale dans ces deux simples mots *donner la vie*.

Là même où le sujet le conduirait forcément à une étude des agissements de l'intelligence, il se dérobe. Ainsi dans la *Conquête de Plassans*, l'abbé *Faujas* arrive en soutane râpée, il est l'objet d'une hostilité générale dans la ville, à l'archevêché même. C'est lui cependant qui doit conquérir Plassans, il y réussit : peu à peu il s'impose en maître à toute la ville : quelle a été sa tactique ? quels sont ses moyens d'action ? *M. Zola* oublie absolument de nous le dire, quoique ce fût précisément le sujet du livre comme le titre l'indique.

Son Excellence Eugène Rougon après être tombé du pouvoir, s'y est haussé de nouveau pour retomber ensuite, et remonter encore ; comment ? par quels moyens ? par quels efforts intellectuels ? — Vous ne le saurez pas — *M. Zola* ne le sait pas lui-même ; il n'a pas cherché les raisons, parce que l'homme intérieur est un mystère fermé pour lui, il ne connaît que des tempéraments.

Aussi, vice ou vertu c'est tout un : les gens vertueux chez lui ne le sont pas du fait de leur volonté, mais instinctivement, toujours à la façon des bêtes.

Nana est vicieuse parce qu'elle ne peut pas ne pas l'être, affaire de tempérament.

Denise du *Bonheur des Dames* est vertueuse pour les mêmes raisons, parce qu'elle est très bien équilibrée ; juste pondération entre le sang et les nerfs.

Pour que nous ne nous y trompions pas, l'auteur a soin de nous le dire, du reste il ne croit qu'à cela. L'action de la volonté, l'effort moral n'existe pas pour lui, la lutte au bout de laquelle un être est victorieux de sa passion instinctive comme *Lucan* de *Julia de Trécœur*, si noblement conçu par *O. Feuillet*, et dont nous venons de parler, lui paraît chose impossible, pas naturelle le moins du monde ; il ne croit qu'à *Coupeau* ne pouvant résister à l'attrait de plusieurs verres de tord-boyaux.

Dans le même ordre d'idée une obsession domine *M. Zola* dans toute son œuvre, et en accentue le caractère d'abaissement que nous avons déjà constaté ; il nous est certainement impossible de citer beaucoup d'exemples, mais vous comprendrez, Mesdames et Messieurs, sans cela. Cette obsession apparait presque à chaque page où on s'attend le moins à la voir surgir, où elle n'a pas la moindre raison de se montrer, nous voulons parler de la préoccupation de la chair. Dans la campagne endormie, il verra par une sorte d'hallucination, un étrange vautrement de passion: ce qu'il aperçoit sous l'azur poli du ciel, c'est une chair vivante, une vaste nudité immaculée. Même lorsqu'il a tenté d'écrire un chapitre ou un livre chaste, il n'a pu y réussir. Ainsi *Le Rêve*, destiné aux jeunes filles, si on y regarde de près est absolument indécent, et cette préoccupation y apparait à chaque instant. Nous avons dit le mot, c'est une obsession qui domine l'artiste et l'écrivain, ce qui est logique ; car il est certain que si comme il l'a fait, on réduit l'homme aux instincts primitifs de la brute, cette préoccupation doit tenir une place considérable dans la vie.

Nous nous sommes proposé, Mesdames et Messieurs, de rechercher quelle pourrait être l'influence de l'œuvre de *M. Zola* sur la génération qui la lit. Nous avons maintenant assez de documents pour pouvoir conclure.

Un des romans de la série des *Rougon-Macquart* a pour titre la *Bête humaine*, ce titre conviendrait parfaitement à l'œuvre tout entière, M. Zola ne croit qu'à l'influence du tempérament pour décider des actes de la vie d'un être humain ; il supprime le libre arbitre et la responsabilité, et par là, la justice de la répression dans la société ; il ne croit pas à l'âme et aux luttes de cette âme consciente cherchant à dominer les tentations de la bête. Par là il s'applique simplement à détruire les bases de toute société civilisée. Il oublie que dans le principe, lorsque les hommes se sont réunis, pour vivre en résistant aux éléments de destruction qui les auraient anéantis s'ils fussent restés isolés, la première condition du pacte social fut le respect mutuel de la personne et de la propriété de chacun, ce qui était certainement une violence faite aux instincts, au tempérament de cette humanité naissante, en cela bien proche de la bête et de sa rapacité. Pour assurer l'exécution du pacte, la justice répressive et son annexe le gendarme, furent inventés. Que valait l'institution ? En somme juge et gendarme étaient de même nature, de même tempérament, que ceux contre qui on les instituait, et rien ne garantissait la société contre leurs défaillances personnelles ; n'allait-il pas falloir un gendarme à côté de chaque homme et des gendarmes et des juges d'ordre supérieur pour surveiller les premiers ?

Heureusement dès l'origine, se développa parmi les hommes la croyance au monde spirituel. Il leur fut révélé qu'il existait un Créateur juge suprème : qu'ils avaient en eux quelque chose participant de la nature éternelle de ce créateur, que ce quelque chose qu'ils appelèrent l'âme, était responsable, et rendrait compte un jour, de la direction qu'elle avait imprimée à la bête humaine qui lui avait été confiée. Cette juridiction suprème, d'autant plus redoutable qu'elle était mystérieuse, assurait l'exécution du pacte social sinon d'une façon absolue mais d'une façon suffisante pour permettre le développement des sociétés. Là ne s'arrêtait pas son action bienfaisante, dominé par cet inconnu, l'homme voulut s'élever jusqu'à lui ; ainsi prit naissance la tendance à l'idéal, jamais satisfaite et toujours en éveil, ainsi se développa l'ordre moral et toutes les qualités élevées qui en font partie, l'homme se sépara de l'animalité pour se mettre en marche vers un état de complète civilisation, qu'il atteindra espérons-le quelque jour.

Chimère, illusion, nous dit *M. Zola.* Comme il n'apporte pas la plus petite preuve à l'appui de son dire, nous garderons notre foi, malgré le prestige des mots science, et recherche de la vérité, qu'il nous jette à la tète, nous lui répondrons : *illusion* ou *chimère,* il n'en est pas moins vrai que les sociétés humaines se sont développées sous cette influence, qui est comme la chaux et le ciment de leur construction ; cela est un fait expérimental contre lequel vous ne sauriez vous élever. Il est non moins incontestable que détruire aujourd'hui cette influence, proclamer la souveraineté du tempérament et son irresponsabilité, c'est comme vous l'écrivez, *retourner à la nature,* c'est-à-dire tout remettre en question, revenir en arrière ; c'est donner l'essor à tous les instincts, c'est persuader à la bête humaine qu'elle peut tout se permettre, si elle se garantit du gendarme, et Dieu sait si elle est disposée à se laisser convaincre.

Où cela peut-il nous conduire ? à être, peuple dégradé et abruti, absorbé par un autre peuple qui aura conservé la force morale. Que nous offre-t-on en compensation des dangers qu'on nous fait courir ? Rien, absolument rien, si ce n'est quelque chose de plus chimérique que tout ce qu'on dit chimérique : la vaine satisfaction de croire avoir trouvé une vérité.

Donc. Mesdames et Messieurs, l'influence de l'œuvre de *M. Zola* est mauvaise, et l'action déprimante qu'elle peut exercer sur la moralité d'une génération est d'autant plus grande, que le talent de l'écrivain est plus réel, et qu'il faut ajouter à l'intérêt de ses peintures, la tendance des gens simples à accepter comme vérités démontrées les opinions du livre qui flatte leurs instincts.

L'auteur a beau prétendre que la hideur des types humains qu'il met au jour est propre à dégoûter du vice — ce dont nous croyons qu'il s'inquiète médiocrement — il a beau calomnier l'ouvrier, le paysan, le bourgeois ou le soldat, en les peignant plus laids que nature, en ne montrant que des cas exceptionnels et maladifs; s'il a réellement étudié l'homme, il a dû voir, qu'il faut un degré d'éducation et de développement intellectuel déjà considérable, pour que l'exemple de la chute morale amène une réaction vers le bien: il a dû voir aussi que les simples, les natures peu cultivées, ceux qu'il faudrait enseigner enfin, sont avant toute chose, entraînés à l'imitation.

Son roman de *Germinal* servant de modèle et d'excitation, peu de temps après qu'il eut paru, à une grève très réelle, dans une mine de charbon, en est un exemple frappant.

Il nous reste maintenant, Mesdames et Messieurs, après avoir analysé l'œuvre et surtout ses tendances, à vous parler de sa valeur littéraire.

Ici nous dirons hautement que M. *Zola* est un grand artiste et qu'il a reçu le don exceptionnel de peinture pour *les énergies de la vie*, comme il écrit quelque part.

Un fait curieux apparaît c'est que malgré des orgies de réalité, malgré la volonté souvent exprimée de ne pas sortir du vrai, il se laisse entraîner à chaque instant à une envolée d'imagination d'une grandeur incontestable, qui est du pur romantisme, et dont pour cela il est marri. Il a le sentiment que par là son œuvre, telle qu'il l'eût voulue, absolument personnelle dans sa crudité, manque le but: que son naturalisme n'est pas pur, que sa prétention de créer avec lui une école, de commencer l'évolution d'un genre littéraire est illusoire, qu'il n'aboutit qu'à la dernière transformation du romantisme.

Dans une de ses œuvres critiques le *roman expérimental* il dit avec plus de pittoresque que d'élégance: *J'ai trop trempé dans la mixture romantique, je suis né trop tôt, si j'ai parfois des colères contre le romantisme c'est que je le hais pour toute la fausse éducation littéraire qu'il m'a donnée, j'en suis et j'enrage ; Oh !*

nous y trempons tous dans la sauce romantique, notre jeunesse y a trop barboté, nous en sommes barbouillés jusqu'au menton.

Eh bien ! n'en déplaise à *M. Zola* sa colère, si elle est sincère, fait fausse route, car c'est par ce côté romantique que son œuvre séduit les plus cultivés de ses lecteurs.

On a dit qu'il était un poète épique. Oui ! certainement il y a de l'épopée dans ses *Rougon-Macquart* et c'est par là que l'œuvre sort par instant du naturalisme, l'épopée étant l'enflure, l'exagération et même la déformation du réel. Cependant nous ne dirons pas qu'il a créé le roman épique, *Victor Hugo* l'ayant fait avant lui avec *Notre-Dame de Paris.*

Mais il a largement développé le type. Vous vous souvenez sans doute, Mesdames et Messieurs, de la vie intense que le grand poète a su mettre dans le monument qui est comme le centre de son œuvre ; c'est la Cathédrale qui la domine tout entière. Ce procédé est celui que *M. Zola* a employé et développé avec le plus grand succès. Dans chacun de ses romans, il y a un objet inanimé qui domine toute l'action, et auquel avec le talent prodigieux qu'il possède il donne une sorte de vie.

Dans l'*Assommoir* c'est l'alambic de cuivre du débit de liqueurs du père *Colombe* qui distille la mort des bois-sans-soif. Dans le *Ventre de Paris*, c'est la masse gigantesque des halles. Dans *Germinal*, c'est la mine avec sa gueule béante, le *Voreux*, qui chaque jour dévore les hommes, dont la pompe d'épuisement toujours en fonction est comme le souffle, la pulsation, le mouvement de vie, si bien que pendant la grève lorsque le nihiliste *Souvarine* détruit le cuvelage du puits de descente, pour faire s'effondrer le terrain dans le creux de la mine et la combler, elle meurt vraiment comme un être qui a vécu. Ecoutez *M. Zola* racontant cette mort :

« Et l'on vit alors une effrayante chose, on vit la machine disloquée sur « son massif, les membres écartelés lutter contre la mort, elle marcha, elle « détendit sa bielle, son genou de géante, comme pour se lever, mais elle « expirait broyée, engloutie, seule, la haute cheminée de trente mètres « restait debout, secouée pareille à un mât dans l'ouragan. On croyait « qu'elle allait s'émietter et voler en poudre, lorsque tout d'un coup, elle « s'enfonça d'un bloc, bue par la terre, fondue ainsi qu'un cierge colossal, « et rien ne dépassait, pas même la pointe de paratonnerre. C'était fini, la « bête mauvaise, accroupie dans ce creux, gorgée de chair humaine, ne « soufflait plus son haleine grosse et longue. Tout entier, le Voreux venait « de couler à l'abime. »

Cette citation écourtée, Mesdames et Messieurs, ne rend pas complètement la sensation de monstreuse animalité, qui se dégage de ces pages, je ne puis que vous engager à lire le passage en entier si vous ne le connaissez pas.

Oui, M. Zola a été doué bien plus pour écrire l'épopée, que le vrai roman d'observation réaliste, qui, somme toute, pour rester exact, ne peut se développer que dans un monde relativement restreint, et duquel, le don de vision démesurée, de l'outrance des caractères, qu'il possède à un si haut degré, ne saurait que l'éloigner. Aussi, les parties réellement supérieures dans ses romans, sont celles où peuvent se développer à l'aise ses qualités épiques. C'est, par exemple, la façon vraiment merveilleuse avec laquelle il sait diriger et faire vivre les masses humaines, les foules ; cela est saisissant, surtout dans la *Débâcle* et dans *Germinal*, il force l'admiration, et quelque critique qu'on se sente fondé à faire sur la tendance philosophique de l'œuvre, quelque dégoût que l'on éprouve pour son réalisme bestial et ordurier, il faut admirer quand même.

Germinal, que nous considérons comme le chef-d'œuvre, le prototype du genre *Zola*, est à ce point de vue absolument hors ligne. Nous ne pensons pas que dans aucun roman on ait mis en mouvement, avec tant de vérité et de vie, de pareilles masses humaines.

Ecoutez plutôt : C'est le cortège hurlant de la grève qui passe sous les yeux de la femme et des filles du directeur de la mine.

« Mais son mot spirituel fut emporté dans l'ouragan des gestes et des cris.
« Les femmes avaient paru, près d'un millier de femmes, aux cheveux
« épars, dépeignés par la course, aux guenilles montrant la peau nue, des
« nudités de femelles lasses d'enfanter des meurt-de-faim. Quelques-unes
« tenaient leur petit entre les bras, le soulevaient, l'agitaient, ainsi qu'un
« drapeau de deuil et de vengeance. D'autres, plus jeunes, avec des gorges
« gonflées de guerrières, brandissaient des bâtons ; tandis que les vieilles,
« affreuses, hurlaient si fort, que les cordes de leurs cous décharnés sem-
« blaient se rompre. Et les hommes déboulèrent ensuite, deux mille furieux,
« des galibots, des haveurs, des raccommodeurs, une masse compacte qui
« roulait d'un seul bloc, serrée, confondue, au point qu'on ne distinguait
« ni les culottes déteintes, ni les tricots de laine en loques, effacés dans la
« même uniformité terreuse. Les yeux brûlaient, on voyait seulement les
« trous des bouches noires, chantant la *Marseillaise*, dont les strophes se
« perdaient en un mugissement confus, accompagné par le claquement des
« sabots sur la terre dure. Au-dessus des têtes, parmi le hérissement des
« barres de fer, une hache passa, portée toute droite ; et cette hache unique,
« qui était comme l'étendard de la bande, avait, dans le ciel clair, le profil
« aigu d'un couperet de guillotine.
« — Quels visages atroces ! balbutia madame Hennebeau.
« Négrel dit entre ses dents :

« — Le diable m'emporte si j'en reconnais un seul ! D'où sortent-ils donc,
« ces bandits-là ?

« Et, en effet, la colère, la faim, ces deux mois de souffrance et cette
« débandade enragée au travers des fosses, avaient allongé en mâchoires
« de bêtes fauves les faces placides des houilleurs de Montsou. A ce moment,
« le soleil se couchait, les derniers rayons, d'un pourpre sombre, ensan-
« glantaient la plaine. Alors, la route sembla charrier du sang, les femmes,
« les hommes continuaient à galoper, saignants comme des bouchers en
« pleine tuerie. »

C'est encore dans *Germinal* où nous trouvons le plus clairement
exprimée la conclusion philosophique à laquelle s'arrête *M. Zola*,
qui, pour toute son œuvre est un pessimisme sombre, une amère
tristesse, une désespérance infinie. Dans tous les rangs, dans toutes
les classes de cette société, il n'y a que souffrance et désespoir,
et dans cet affreux tableau où la faim, la douleur, la luxure et la
mort dominent : la pensée de l'auteur est au fond l'inutilité de tout,
l'éternelle douleur de l'existence. Cet homme de grand talent ne
semble pas voir la conclusion forcée, naturelle, de la navrante
constatation ; il n'ose pas dire ce qu'un de ses maîtres en matérialisme, un plus grand esprit que lui à coup sûr, *Taine,* a avoué :
c'est que celui qui donne à ce malheureux troupeau humain l'espérance et la consolation de l'au-delà, est pour lui un bienfaiteur, et
celui qui la lui enlève, un malfaiteur.

Pour conclure, nous dirons que nous ne croyons pas qu'il y ait
dans le naturalisme de *M. Zola,* une école qui se fonde. Nous ne
croyons pas à la durée de la crise naturaliste.

Le retour à la nature n'est certes pas une invention moderne,
Boileau lui-même n'a-t-il pas dit : « *Que la nature donc, soit votre
étude unique.* »

Ce qui est nouveau, c'est l'apport dans les lettres de la banale
grossièreté, c'est l'oubli de la pudeur, qui est cependant chose si
naturelle. Cela ne saurait constituer une école nouvelle.

L'honneur du premier essai dans ce genre revient un peu à
Gustave Flaubert, beaucoup aux frères *de Goncourt,* avec *Germinie
Lacerteux* — ce dont ils ont témoigné, du reste, dans leur *Journal,*
quelque regret.

M. Zola a repris et amplifié la méthode, il y a ajouté un élément
nouveau — la science — qu'il a comprise à la façon de *M. Jules
Vernes,* c'est-à-dire en donnant à l'hypothèse force de vérité
démontrée. Au nom de cette science peu sûre, il a cru pouvoir
exclure de son œuvre réaliste les réalités de l'Esprit et nous faire,

avec un talent incontestable du reste, l'épopée de l'animalité humaine.

Ces choses-là n'ont qu'un temps, Mesdames et Messieurs, l'humanité n'est l'humanité que parce que l'homme possède une âme; celle-ci ne saurait être bannie de la littérature, et c'est ce que nous verrons avec les écrivains plus jeunes que M. *Zola* que nous aurons à étudier prochainement ensemble.

Dans la prochaine conférence, nous parlerons de II. de Bornier·

ASSOCIATION POLYTECHNIQUE

COURS DE LITTÉRATURE CONTEMPORAINE

Professeur, Mme B. MUSELIER

ASSOCIATION POLYTECHNIQUE

COURS DE LITTÉRATURE CONTEMPORAINE

Ce cours est professé tous les jeudis de 5 à 6 heures de l'après-midi pendant l'année scolaire de l'Association, il a été commencé en 1896.

Il a réuni, dès que son existence a été bien connue, un minimum de 200 et un maximum de 350 auditeurs. Un registre d'inscription est ouvert. Les élèves inscrits concourent pour les récompenses décernées par l'Association au moyen de devoirs mensuels, et d'une composition faite pendant la dernière séance de l'année scolaire.

Ils sont divisés en deux séries correspondant à deux âges, à deux efforts intellectuels différents.

Au commencement de chaque leçon, le professeur fait distribuer à tous ses auditeurs le sommaire du sujet qu'il va traiter. Ce sommaire est à la fois un guide pour le présent et un memento pour l'avenir.

EXEMPLES DE DEVOIRS ET DE COMPOSITIONS POUR L'ANNÉE 1898-99

DEVOIR MENSUEL

PREMIÈRE SÉRIE

Que pensez-vous de l'emploi du merveilleux chrétien en littérature ?
Jugement sur le rôle politique de Chateaubriand.
Quelques mots (analyse succincte) sur les Mémoires d'outre-tombe. —
Les Martyrs. — L'Itinéraire de Paris à Jérusalem.

DEUXIÈME SÉRIE

Enfance de Chateaubriand.
Défaut dominant de son caractère. — Dans laquelle de ses œuvres, ce
défaut est-il le plus sensible ?
Qu'appelle-t-on « Style de Chateaubriand ? »

Composition Double

Relater dans une lettre à une amie, quelle influence a exercé sur vous
dans l'ordre intellectuel et dans l'ordre moral, l'étude de la vie et des
œuvres des principaux écrivains qui ont fait le sujet des cours de l'année.
Dire ensuite quel est celui qui vous a le plus impressionné et les raisons
de vos impressions.

EXEMPLES DE SOMMAIRES DE QUELQUES LEÇONS DES DEUX DERNIÈRES ANNÉES

SOMMAIRE DE LA PREMIERE LEÇON SUR MICHELET

Définition de l'histoire. — Ce qu'a été l'histoire avant le XIXe siècle.

MICHELET. — Né à Paris le 21 Août 1798. — Sa nature morale. — Sa famille. — Son enfance. — Son journal. — La misère de sa famille. — Son instruction religieuse par la lecture de l'Imitation. — Ses premières études au pensionnat Melot. — Ruine de la famille par les décrets de Napoléon contre l'Imprimerie. — Malgré tout, son père, à force de sacrifices, le fait entrer comme externe au lycée Charlemagne. — Continuité de la misère. — Une page de son journal : il perd sa mère. Le père trouve un emploi dans la maison de santé du docteur Duchemin. — De meilleurs jours naissent pour Michelet. — Sa persévérance et son énergie dans le travail. — Ses succès au Grand Concours. — Sa tendresse pour Thérèse. — Il se voue à l'Instruction. — La petite colonie de la maison de santé se transporte à la maison de Sedaine, rue de la Roquette.

Michelet passe avec succès ses examens de licence, du doctorat ès-lettres, puis le concours d'agrégation à l'Université. — Il débute dans l'Instruction publique comme professeur de troisième au lycée Charlemagne. — Son amitié pour Poinsot. — Une page de son journal sur les funérailles de son ami. — Michelet se rejette avec passion dans l'étude.

SOMMAIRE DE LA DEUXIÈME LEÇON SUR MICHELET

Michelet épouse en 1823 Mlle Rousseau. — Son goût pour l'enseignement et en particulier pour la philosophie. — La lecture des œuvres de l'historien italien Vico lui fait aimer l'histoire. — Il traduit la *Science nouvelle* de Vico sous le titre de *Principes de la Philosophie de l'Histoire*.

En 1827, il publie le *Précis de l'Histoire moderne*, véritable chef-d'œuvre. — Lecture d'extraits du *Précis* : Le portrait de Frédéric II, roi de Prusse.

Michelet est nommé, par M. de Frayssinous, maitre de conférences à l'Ecole Normale. — En 1829, Michelet est dépossédé de la chaire de philosophie et ne conserve que celle d'histoire. — Il enseigne l'histoire romaine. — Il prépare ainsi son *Histoire de la République romaine* qui parait après la Révolution de 1830.— En 1831, il publie l'*Introduction à l'Histoire universelle*. — Il y étudie les nations anciennes, puis les modernes et surtout la France. — Lecture de quelques lignes du chapitre consacré au génie de la France. — Analyse de cette page.

Analyse de *Histoire de la République romaine*. — Quelques critiques sur certaines opinions de Michelet, sur le rôle des masses populaires et celui des grands hommes.

Voyage de Michelet en Italie en 1830. — Son séjour dans ce pays. — Lecture du chapitre de l'*Histoire de la République romaine* intitulé " Aspect de Rome ". — Analyse de ce chapitre. — Michelet est nommé chef de la division historique aux Archives nationales (1830). — De 1833 à 1867, il fouille les documents nationaux et publie : 1° 6 volumes de son *Histoire de France* (1833-1843) ; 2° L'*Histoire de la Révolution* (1847-1853) ; puis la fin de l'*Histoire de France* (1855-1867). — Analyse de l'*Histoire de France*. — Lecture du tableau de la France. — Description de la Provence. — Jeanne d'Arc. — Lecture de son supplice.

SOMMAIRE DE LA TROISIÈME LEÇON SUR MICHELET

En 1834 et 1835, Michelet supplée Guizot dans la chaire d'Histoire de la Sorbonne. — Il publie les *Mémoires de Luther*. — En 1836, il quitte sa chaire de l'Ecole Normale ne pouvant sympathiser avec Victor Cousin, directeur de l'Ecole. — En 1838, il est élu membre de l'Académie des Sciences morales et politiques, puis professeur d'histoire et de morale au collège de France. — Ses cours publics. — Modification de son esprit. — Il devient démocrate, anti-clérical. — Sa seconde manière, excès de passion, manque de mesure. — Il publie en 1837 les *Origines du Droit français*; et en 1843, en collaboration avec Edgar Quinet son *Cours sur les Jésuites*. — *Le Prêtre, la Femme et la Famille* paraît en 1845. — *Le Peuple*, en 1846. — Analyse de l'*Histoire de la Révolution*. — Lecture de l'exécution de Louis XVI.

Michelet devenu veuf en 1839 vit dans l'isolement. — Il se remarie en 1849 avec Mlle Mialaret. — Dévouement de sa femme. — Bonheur qu'il lui doit. — Disgrâce de Michelet sous le Second Empire; en 1851, il est destitué de sa chaire au collège de France, et en 1852, révoqué de ses fonctions aux Archives nationales ; ses ouvrages d'enseignement sont proscrits. — Sa pauvreté. — Il abandonne Paris et vit près de Nantes, puis à Gênes, et enfin aux environs du Havre. — Son mauvais état de santé. — Il étudie la nature et écrit : *l'Oiseau, l'Insecte, la Mer, la Montagne*. — Son spiritualisme. — Lecture d'un chapitre de l'*Oiseau*. — Analyse de ces 4 livres. — Quelques mots sur 3 autres œuvres : *l'Amour, la Femme, Nos Fils*. — Critiques faites sur ces ouvrages. — Lecture d'un passage de *la Femme* : " la Cloche ". — Analyse de *la Sorcière*. — Lecture de *la Fête des Morts*. — Dernier livre de Michelet : *la Bible de l'Humanité* (1864). — La mort de Michelet à Hyères (9 Février 1874) à 76 ans. — Jugement sur l'homme et l'écrivain.

SOMMAIRE DE LA LEÇON SUR Paul-Louis COURIER

Etat des esprits au commencement du XIXe siècle : préoccupations politiques de la plupart des hommes de lettres. — P.-L. Courier est principalement connu par le côté politique de son œuvre. — Les pamphlets, définition de ce genre littéraire. — Pamphlets de V. Hugo, d'H. Rochefort et autres, leur influence sur la politique de combat. — Différences entre le pamphlet et la satire.

Paul-Louis Courier, sa naissance, son éducation dirigée vers la carrière des armes, son goût pour les lettres anciennes. — En 1793, P.-L. Courier est nommé lieutenant d'artillerie, il part pour la frontière : son indifférence pour l'état militaire. — Sa disgrâce, il s'en console par l'étude.

En 1798, au moment de la conquête de l'Italie par Bonaparte, P.-L. Courier est envoyé à Rome pour y commander une compagnie d'artillerie ; il en revient malade, et obtient un poste à Paris. — Publication d'une *Imitation du Télémaque de Fénelon ;* du *Voyage de Ménélas à Troyes* et de l'*Eloge d'Hélène.* — P.-L. Courier est nommé chef d'escadron après son rétablissement, il retourne en Italie.

Campagne de Calabre ; P.-L. Courier perd son Homère. — Sa correspondance avec sa cousine pendant un séjour clandestin à Naples : modèle du genre épistolaire. — P.-L. Courier donne sa démission en 1808 ; malgré son prétendu mépris pour la gloire militaire, dans la campagne d'Allemagne de 1809, il suit Napoléon en amateur, et prend part à la bataille de Wagram.

P.-L. Courier quitte définitivement l'armée pour se consacrer exclusivement à la littérature. — La *Pastorale de Longus ;* découverte dans la bibliothèque de San-Lorenzo, à Florence, d'un texte resté inconnu jusque là. — Querelle avec le bibliothécaire ; P.-L. Courier est poursuivi comme voleur de grec et comme officier déserteur. — Napoléon ordonne qu'on le laisse tranquille. — Mariage de P.-L. Courier en 1814.

Après les Cent-Jours, P.-L. Courier s'indigne violemment contre la réaction anti-libérale du gouvernement de la Restauration. — Publication du premier pamphlet politique : la *Pétition aux deux Chambres ;* lecture, appréciation. — P.-L. Courier échoue dans sa candidature à l'Académie des Inscriptions et Belles-Lettres. — La *Lettre à Messieurs de l'Académie ;* lecture. — Collaboration au journal *Le Censeur.* — Suite de pamphlets sous forme de lettres, la neuvième lettre sur la *Liberté de la Presse.*

Pamphlet : *Le simple Discours* à propos de l'achat et du don par souscription publique du château de Chambord au duc de Bordeaux. — Poursuites et condamnation de P.-L. Courier à deux mois de prison et deux cents francs d'amende. — Réponse à la condamnation par un nouveau pamphlet. — La *Pétition pour des Villageois qu'on empêche de danser ;* nouvelles poursuites. — P.-L. Courier a recours à la presse clandestine ; le *Pamphlet des Pamphlets.* — P.-L. Courier est assassiné le 10 avril 1825. — Appréciations sur l'homme politique et sur son œuvre littéraire.

SOMMAIRE DE LA PREMIÈRE LEÇON SUR A. THIERRY

Deux écoles en histoire : Ecole descriptive, école philosophique. — Augustin Thierry appartient aux deux écoles.

Naissance d'Aug. Thierry, le 10 Mai 1795, à Blois, où son père était petit employé. — Caractère de ses parents. — Ses études au collège de Blois. — Influence de la lecture des *Martyrs* de Chateaubriand sur sa carrière. — Il entre à l'Ecole Normale (1811), sa sortie de l'Ecole Normale comme professeur de cinquième à Compiègne.

Aug. Thierry quitte l'enseignement et devient secrétaire du socialiste Saint-Simon. — Il demeure trois ans dans cette situation. — Sa nature l'éloigne de la doctrine Saint-Simonienne. — Il entre dans le journalisme, sa collaboration au *Censeur*.

Publication des éléments de l'ouvrage intitulé plus tard : *Dix ans d'études historiques*. — Collaboration au *Courrier Français* : ses premières lettres sur l'Histoire de France donnent le signal d'une réforme historique. — Critique des différents historiens antérieurs.

Aug. Thierry s'occupe des origines des Francs. — Il abandonne le journalisme et se consacre à l'histoire. — En Avril 1825, publication de l'histoire de la *Conquête d'Angleterre par les Normands* : son immense succès. — Aug. Thierry perd la vue. — Son voyage en Italie avec son frère Amédée. — Son séjour à Carqueiranne. — Il parcourt l'Italie avec son ami Fauriel. — Ses recherches historiques.

Retour à Paris, Aug. Thierry continue ses travaux malgré sa cécité, aidé par son frère et par Armand Carrel. — Publication des premières lettres sur l'Histoire de France, avec adjonction de quinze nouvelles Lettres inédites (1827).

La paralysie envahit Aug. Thierry ; il abandonne le travail et s'établit à Carqueiranne. — Ses illusions à propos de Mlle d'E. — Séjour à Vesoul auprès de son frère, préfet de la Haute-Saône.

Mariage d'Aug. Thierry avec Mlle de Quérangal. — Admirable dévouement de Mme Thierry. — Séjour de l'historien chez la princesse de Belgiojoso ; son retour à la religion catholique, ses souffrances, sa mort (20 mai 1875).

SOMMAIRE DE LA DEUXIÈME LEÇON SUR A. THIERRY

Augustin Thierry surnommé l'Homère de l'histoire. — Ses articles du *Censeur Européen* sont publiés sous le titre *Dix ans d'Études historiques :* analyse de Jacques Bonhomme et lecture d'un passage.

Œuvre principale d'Aug. Thierry : la *Conquête d'Angleterre par les Normands* (1825) ; analyse de l'ouvrage, — Résumé de l'histoire de l'Angleterre avant la conquête : Lecture du récit de la bataille d'Hastings (1066).

Grandes qualités du style d'Aug. Thierry. — Appréciations de Renan et de Guizot. — Publication des *Récits des Temps Mérovingiens* de 1833 à 1837. — Véracité absolue de l'historien ; analyse de l'ouvrage. — Histoire de Hilpérik, Sighebert, Frédégonde et Brunehaut. — Lecture des récits du départ de Galeswinthe de la Cour de son père Athanagild et du meurtre de Sighebert.

Examen sommaire de l'ouvrage intitulé : *Essai sur l'histoire du Tiers-État* (1850-53-56). — Jugement général sur les œuvres de l'historien.

SOMMAIRE DE LA LEÇON SUR STENDHAL (Henri BEYLE)

Inacceptables théories d'Henri Beyle en philosophie. — Comme critique, il ne fut pas compris ; il était en avance sur son époque. — Il est né à Grenoble, en 1783. — Son père y était avocat, honorablement connu ; sa mère mourut alors qu'Henri n'avait que 7 ans. — Il adorait sa mère, et devint dès sa mort un véritable révolté. — Son père se remarie avec la sœur de sa première femme ; cette tante est pour Henri une terrible marâtre. — Haine d'Henri pour elle. — Son éducation est confiée à un ecclésiastique. — Henri est très intelligent, mais vicieux et très vaniteux. — Indocile et incapable d'être apprivoisé. — Son jugement sur les parents et les maîtres. — Il s'attache à penser le contraire de ce que pensent ceux qui l'ont élevé. — L'homme intime est ordinaire, même assez vulgaire. — Sa jeunesse est mouvementée. — A 17 ans, on l'envoie à Paris, il entre dans l'état-major civil de M. Daru, et assiste à la bataille de Marengo. — Il obtient l'épaulette de sous-lieutenant et vit 2 ans en Italie, il en fera sa patrie d'adoption. — A la paix d'Amiens, il démissionne, revient à Paris, et y mène une vie dissipée. — Son père lui supprime sa pension. — En 1805, il est employé de commerce à Marseille. — Sa lettre à son cousin. — Il rentre dans l'Administration de la guerre, séjourne 3 années en Allemagne, suit la grande armée en Russie, et revient à Paris après cette retraite terrible, épuisé par la fatigue, la maladie. Pour se rétablir il séjourne 5 ans en Italie ; il en est chassé comme suspect de carbonarisme, revient à Paris, puis retourne en Italie comme consul à Civita-Vecchia, il meurt subitement en 1842, pendant un congé qu'il était venu passer à Paris. — Par sa philosophie il appartient au XVIIIe siècle ; il est le disciple de Condillac, d'Helvétius, de Cabanis (philosophie sensualiste). — Il nie l'âme. — Chez lui il y a absence totale du sentiment religieux. — La créature vivante obéit à une tendance inconsciente, irraisonnée ; l'égoïsme est la base de la vie ; telles sont ses doctrines. — L'homme, d'après lui, part tous les matins pour la chasse au bonheur. — Il a le culte du plaisir et de l'énergie. — Il n'aime que l'Italie et les Italiens. — En politique il est libéral, ennemi furieux de la Papauté et des Jésuites. — En littérature il est critique d'art et romancier. — Il a écrit la *Vie de Hayden et de Mozart* qui est son meilleur livre (analyse de l'ouvrage). — *L'Histoire de la Peinture en Italie* (1817). — *Rome, Naples et Florence*, récit de voyage intéressant. — Il nous fait connaître l'Italie littéraire. — Analyse du petit livre *Racine et Shakespeare*. — Jugement de Sainte-Beuve. — *Les Mémoires d'un Touriste*. — *Les Promenades dans Rome*. — Son œuvre la plus populaire *l'Amour*. — La théorie de la *cristallisation*. — Opinions de Balzac, de Taine et de Bourget. — Les romans de Stendhal : *l'Abbesse de Castro*. — *Rouge et Noir* (analyse). — *La Chartreuse de Parme* (analyse). — Appréciations sur le style de Stendhal.

ASSOCIATION POLYTECHNIQUE

COURS DE LITTÉRATURE CONTEMPORAINE

Mme B. MUSELIER, Professeur

QUINZIÈME LEÇON

LAMENNAIS

COURS DE LITTÉRATURE CONTEMPORAINE

QUINZIÈME LEÇON

LAMENNAIS

Quand on étudie avec suite, Mesdames et Messieurs, la vie et les œuvres des hommes qui, doués d'un grand esprit, ont marqué dans le développement intellectuel d'un peuple : un fait attire l'attention, c'est la transformation de la pensée de ces hommes au cours de leur existence.

Mais il faut y prendre garde, chez quelques-uns cette transformation n'est que la souplesse utile au succès de leurs visées ambitieuses, chez d'autres, elle est le développement logique de leur esprit. Ames loyales, ceux-ci écoutent la voix intérieure qui les conduit, aux dépens même de leur intérêt, ne se laissant arrêter par aucune convention sociale, fidèles seulement à la Vérité, ou à ce qu'ils croient être la Vérité.

C'est le cas de Lamennais, dont je veux vous entretenir aujourd'hui ; Breton, prêtre, âpre défenseur des doctrines les plus absolutistes de l'église catholique, il dépouilla la robe sacerdotale, sachant très bien que même dans une société sceptique, un pareil acte déconsidère toujours un homme.

Ce n'est pas que Lamennais ait été conduit à cette extrémité par un goût trop vif pour la vie mondaine, non, sa vaste intelligence le plaçait au-dessus de cette banalité ; ce furent les transformations de sa pensée sous l'influence des événements politiques de son époque, les animosités ou l'indifférence qu'il rencontra à l'égard des doctrines avec lesquelles il voulait sauver la société dont il exagérait le péril, qui l'amenèrent à se séparer de l'Eglise.

Il est à remarquer que, philosophes, politiques ou moralistes, bien des hommes dans notre siècle se sont donné la mission de sauver la société, de la conduire dans une voie qui leur paraissait à chacun la seule bonne et vraie.

Tous ces remueurs d'idées, ces chercheurs de ce qui doit être ou ne doit pas être fait pour le bien de cette société, oublient trop que cet infiniment petit, perdu dans l'univers, qui s'appelle l'Humanité, obéit comme toute chose à des lois édictées à l'origine des mondes, et qu'indépendamment de leurs discours ou de leurs colères, cette humanité marche vers le but que ces lois lui assignent.

Nous ne voulons pas dire que ces grands penseurs se soient agités vainement ; non, car c'est la supériorité de l'homme sur tout le reste de la nature, d'avoir action sur lui-même par la pensée, mais cette action n'est efficace que lorsqu'elle arrive à propos, en concordance, en harmonie, avec la loi naturelle du développement.

Elle est presque toujours le résultat d'une moyenne des idées antérieures, bien plus que le fait immédiat d'un homme souvent excessif dans sa pensée, et dans la forme qu'il donne à cette pensée.

Lamennais est un exemple bien remarquable d'une de ces intelligences s'agitant en dehors de leur temps. Grand et singulier personnage, écrivain de combat, qui, après avoir fait beaucoup de bruit pendant sa vie, a été négligé après sa mort, pour s'être trouvé à l'origine de son œuvre en retard sur son époque, et ensuite par une transformation rapide beaucoup trop en avance. Prêtre intolérant d'abord, révolutionnaire ensuite.

Aucun homme n'a présenté sous une forme plus poignante, plus dramatique, un changement d'idées et de doctrines plus complet, une renonciation plus absolue à un système, et une conversion non moins entière, à un système tout opposé.

Le fait est d'autant plus étrange qu'il s'agit d'un prêtre, et qu'au lieu d'une conversion de l'incrédulité vers la foi, c'est le contraire qui s'est produit, ce prêtre est allé vers la libre pensée. Apôtre fougueux de l'autorité, autant que J. de Maistre, plus si c'était possible, il s'est rangé à la doctrine libérale, et même révolutionnaire.

D'autres que lui ont abandonné le camp de l'autorité absolue pour celui de la liberté, Lamartine, Victor Hugo, Chateaubriand, lui-même, malgré sa fidélité d'étiquette pour la légitimité ; mais aucun d'eux n'avait été engagé si avant dans le camp qu'ils ont quitté, soit par leurs actes, soit par leur caractère.

J. de Maistre à la fin de ses jours avait senti perdue la cause qu'il avait si ardemment défendue, sa correspondance en fait foi ; mais il y resta fidèle jusqu'à la mort, par point d'honneur. Faut-il voir dans le changement qui s'est produit chez Lamennais, sans

souci de l'opinion, une preuve de la loyauté de son caractère ?
cela est certain; toujours est-il qu'une lutte douloureuse, un
drame terrible a dû se produire dans ce cœur et dans cette âme.
Cet homme a concentré dans sa vie tout le combat du siècle, entre
le passé et l'avenir, entre l'abandon des traditions, et la foi dans
une forme meilleure pour la société. Il y a donc intérêt à rechercher les causes de cette transformation qui a tant scandalisé les
âmes catholiques au moment où elle se produisit.

Félicité-Robert de Lamennais vint au monde à Saint-Malo le
16 juin 1782.

Il était le fils d'un très honorable et riche armateur, négociant,
qui fut anobli en 1788 pour son désintéressement, pour les
nombreux services qu'il avait rendus à ses concitoyens et à l'armée
expéditionnaire de Lafayette et de Rochambeau. Sa mère était
Irlandaise d'origine; c'était, dit-on, une femme d'une haute raison,
d'une instruction solide et d'une piété éclairée. Elle mourut quand
Lamennais n'avait pas cinq ans et influa peu sur sa vie.

Féli, comme on le nommait dans sa famille, en abréviation de
son nom de Félicité, était le quatrième de six enfants, et ce fut son
frère aîné, Jean, qui s'était consacré le premier à l'état ecclésiastique, qui eut le plus d'influence sur sa vie.

Lamennais était maigre, petit, chétif d'apparence, de complexion
délicate, avec un tempérament nerveux, un caractère exalté,
irritable et mélancolique. Il avait le front large, un nez long,
jortement attaché, des lèvres minces, l'œil gris et tenait ordinai-
rement la tête penchée.

Son père, très absorbé par les affaires commerciales, ne s'occupa
que bien peu de lui, et le soin de son éducation fut confié à M. du
Saudrais, son oncle, homme fort lettré, mais dont la direction ne
pesa pas beaucoup à l'élève. Le jeune Féli s'instruisit très librement, dévorant tous les livres de la bibliothèque de son oncle ; il
apprit à peu près seul le latin et le grec, ce qui ne le conduisit pas
à la perfection dans la connaissance de ces langues classiques. Il
donnait une partie de son temps au comptoir de son père, et cela
contre son goût. La vie, même de famille, lui paraissait maussade,
car il écrit un jour : « *L'ennui naquit en famille une soirée d'hiver* »,
boutade qui rappelle les soirées de Combourg, si bien décrites
par son concitoyen Chateaubriand. En même temps, avec la
passion qu'il a mise en toute chose dans sa vie, il s'adonnait aux
exercices violents, à la chasse, à l'escrime. « *Savez-vous*, disait
plus tard de lui Béranger, *que cet extrait d'homme était un
ferrailleur redoutable.* »

La liberté de ses lectures l'avait attaché au XVIIIᵉ siècle ; la sentimentalité paradoxale de J.-J. Rousseau l'avait charmé ; il avait subi la séduction que le philosophe de Genève exerça sur tant d'âmes rêveuses et mélancoliques de l'époque. Il est vrai que l'influence de son frère Jean, et celle de son oncle, M. du Saudrais combattaient en lui les doctrines philosophiques. Cependant, chose on ne peut plus extraordinaire, dans une famille bretonne et foncièrement catholique, le jeune Féli fut ajourné pour sa première communion. Il ergotait avec le prêtre qui devait l'y préparer, et l'état de doute de son âme parut tel qu'il ne put accomplir cet acte à l'âge ordinaire. Cela aurait dû faire réfléchir ceux qui l'entraînèrent plus tard vers le sacerdoce.

Il passa donc sa première jeunesse dans le doute et l'incertitude, se livrant à l'étude : les livres devenaient sa passion dominante.

Mais le doute n'était pas fait pour cette âme, pour cette nature si entière, si affirmative : il fallait toujours une solution aux problèmes que se posait cet esprit énergique. Par l'influence de son frère, il courba sa raison sous le joug de la foi, et demanda à la religion, cette solution qu'il n'avait pas trouvée dans la philosophie : il fit à 22 ans, en 1804, foulant aux pieds tout respect humain, sa première communion.

Presque en même temps, son frère Jean était ordonné prêtre. Ils se retirèrent alors tous deux dans la terre de la Chênaie, qui leur était échue en héritage en commun, en 1805. C'était une propriété située dans les bois, à deux lieues de Dinan, au milieu d'une nature sauvage. La maison était d'apparence rustique, mais contenait une très belle bibliothèque, composée de débris des nombreuses bibliothèques monastiques dispersées par la Révolution. Dans cette retraite et sous l'influence de son frère, la véritable instruction philosophique, théologique et littéraire de Lamennais commença.

Il médita avec passion les Pères de l'Eglise, s'exalta à la lecture des controversistes religieux et des historiens ecclésiastiques. Prédisposé par sa nature aux formes de l'Absolutisme, sans songer nullement au sacerdoce, il rêva de se constituer le champion de cette cause du catholicisme, que beaucoup considéraient alors comme vaincue par la philosophie du XVIIIᵉ siècle et par la Révolution.

Il composa dans cette idée, en 1808, le premier écrit religieux qu'il ait livré à la publicité : « *Réflexions sur l'état de l'Eglise en France pendant le XVIIIᵉ siècle et sur sa situation actuelle.* »

Ses théories ultra-catholiques y apparaissaient déjà, et l'édition fut supprimée par la police.

L'abbé Jean avait été nommé vicaire à Saint-Malo, il y avait fondé une école ecclésiastique. Lamennais était donc resté seul à La Chênaie. Il y avait reçu sur l'instigation de son frère et au grand déplaisir de son père, le 16 mars 1809, la tonsure, le premier des ordres mineurs, le premier pas dans la carrière ecclésiastique, qui n'engage à rien : mais son frère espérait bien le mener jusqu'au bout de cette voie.

Le temps qu'il passa alors à La Chênaie, quand on consulte sa correspondance, donne l'idée d'une existence consacrée d'abord à l'étude, à la prière et aux soins de la vie matérielle ; mais bientôt se déclara en lui, une sorte de mal que nous appellerions volontiers, avec Sainte-Beuve, la maladie du génie, nous souvenant de l'état moral analogue, dans lequel était tombé le jeune Chateaubriand, à Combourg : inquiétude vague, dégoût de tout, qui l'avait conduit jusqu'à une tentative de suicide.

Lamennais écrivait de La Chênaie, en 1810, à son frère :

« Sécheresse, amertume et paix crucifiante, voilà ce que j'éprouve, et je « ne veux rien de plus ; la souffrance est mon lit de repos.

« Quelquefois, surtout en lisant les relations des missionnaires, je serais « tenté de m'affliger de ma profonde nullité, qui m'ôte tout moyen d'être « jamais utile à l'œuvre de Dieu. Je me sentirais dans ces moments, un si « grand désir de partager les travaux d'un si touchant apostolat !

« Mais bientôt je fais réflexion que l'orgueil humilié et dépité, a plus de « part peut-être dans ces désirs inquiets que le véritable zèle : on est tour-« menté de n'être bon à rien ; tout en s'avouant son incapacité, on en « souffre, on se figure un état et des occupations auxquels on serait plus « propre :

« Quelle misère ! eh ! pourquoi s'obstiner à vouloir rendre à Dieu des « services qu'il ne veut pas recevoir de nous ? Mais c'est qu'à tout prix et à « toute force, il faut nourrir cette vie secrète d'amour-propre qui languit « dans l'obscurité, et expire faute de pâture, dans le vide du parfait anéan-« tissement. »

Puis dans une autre lettre de la même époque, toujours à son frère Jean :

« Dis-moi sincèrement ce que tu penses de moi ? Je ne me connais plus. « Depuis quelques mois je tombe dans un état d'affaissement incompré-« hensible. Rien ne me remue, rien ne m'intéresse, tout me dégoûte.

« J'ai beaucoup souffert ces derniers jours. Quand je considère cette « disposition toujours croissante à une mélancolie aride et sombre, l'avenir « m'effraie ; de quelque côté que je tourne les yeux, je ne vois qu'un horizon « menaçant, de noires et pesantes nuées s'en détachent de temps en temps « et dévastent tout sur leur passage ; il n'y a plus pour moi que la saison « des tempêtes. »

Ne vous semble-t-il pas entendre René ? Oui, c'est bien là son contemporain et son compatriote, et tous deux sont atteints du même mal ; la transformation de la chrysalide en papillon, les ailes qui poussent douloureusement à leur génie, dont ils sentent la puissance, la force encore sans emploi, sans occasion de se produire.

Au moment où Lamennais écrivait ces lettres qui déjà révèlent l'écrivain qu'il devait être, il préparait un ouvrage, fait en collaboration avec son frère : *La tradition de l'Eglise sur l'institution des évêques.*

Jusqu'en 1814, il habite La Chénaie ; seul, indifférent au monde. L'Empire passe, bouleverse l'Europe, sans qu'il paraisse s'en douter. La société nouvelle qui s'est formée au sortir de la Révolution, il ne la connaît pas, et s'il en parle dans sa correspondance, c'est uniquement pour ce qui a trait aux affaires ecclésiastiques.

Cet homme jeune n'a qu'une occupation : l'étude sérieuse des choses de l'Eglise. Les arts, l'industrie, les lettres, les plaisirs, il ignore tout cela. Les hommes, ses semblables, comment les connaîtrait-il ?

Dans la solitude, comme l'a dit Platon, quelque chose doit grandir chez le solitaire, son orgueil ; aussi quand Lamennais entrera dans la lutte, il y apportera le naïf et farouche absolutisme d'une conviction sans contradicteur.

Une seule chose semble le préoccuper ; un grand combat se livre en lui ; est-il fait ou non pour le sacerdoce ? Son frère l'y pousse, mais il s'est arrêté dès les premiers pas ; il doute de sa vocation et il ne peut se résoudre à avancer.

Il écrit en 1811 :

« Je souffre toujours beaucoup. Je suis habituellement dans l'état que
« les Anglais appellent *dispondency,* où l'âme sans ressort, est comme
« accablée d'elle-même, peut-être se relèverait-elle un peu si j'étais plus
« éclairé sur ma destinée. Cette pauvre âme languit et s'épuise entre deux
« vocations incertaines qui l'attirent et la repoussent tour à tour. »

Les années 1812 et 1813 s'écoulent dans cette incertitude, remplies par les mêmes travaux ; mais voici 1814, l'Empire succombe. Les Bourbons reprennent possession du trône. Lamennais accourt à Paris, dès les premiers jours de leur rentrée, pour faire imprimer l'ouvrage sur la *Tradition de l'Eglise.* Mais, à peine a-t-il mis le pied sur cette vaste scène, qu'il devine la véritable nature de son talent, il se sent polémiste. L'idée d'une grande action exercée sur le public le séduit ; il veut fonder un journal ecclésiastique et entraîner son frère dans cette entreprise, le déraciner de sa chère Bretagne. Celui-ci, homme d'œuvres pratiques et d'application journalière, résiste : il ne prévoit pas le génie d'écrivain qui apparaîtra chez son frère, il entrevoit, au contraire, que le séjour de la capitale, les luttes quotidiennes du journalisme, éloigneront son Féli de l'autel dont il désire tant le voir se rapprocher.

Lamennais lui écrit pour le convaincre, mais inutilement.

Ce séjour à Paris, pendant les premières années de la Restauration, est de la plus grande utilité pour son éducation politique. Le solitaire de La Chênaie, en contact avec le monde, commence à comprendre ce qu'il peut, et écrit le 26 octobre : « *J'ai peu de talent, cependant, en regardant dans ma tête, il me semble qu'il y a quelque chose qui demande à en sortir.* »

Il juge la politique du gouvernement et trouve que tout va mal, non pas que la réaction lui paraisse trop violente, bien au contraire, il pense que la part faite au libéralisme par la charte est beaucoup trop grande, et qu'il ne faut ni charte, ni chambre, mais le rétablissement des parlements, tels qu'ils existaient autrefois, et de l'ancien régime dans toute sa beauté. Les jugements qu'il porte sur les choses et sur les gens sont violents : souvent hors de la vérité ; il est même injurieux pour le clergé qu'il ne trouve pas assez ultra-montain.

Ne pouvant décider son frère à venir à Paris, il retourne à La Chênaie, mécontent du médiocre succès de vente qu'avait eu son livre sur la *Tradition de l'Eglise*.

Mais le 1er mars 1815 Napoléon débarque au golfe Juan. Ce retour de l'île d'Elbe fait craindre à Lamennais quelques persécutions à propos d'une brochure qu'il avait publiée contre l'Université impériale, et même pour son livre de la Tradition ; il s'exagère sans aucun doute le danger qu'il pouvait courir, mais il part pour Jersey, de là passe en Angleterre, et s'établit à Londres où il rencontre le vénérable abbé Carron, saint homme tout occupé de fondations pieuses, de charité, n'ayant en vue que le bien de l'Eglise.

Cette rencontre décida de la vie de Lamennais. Il avait résisté jusque là aux exhortations de son frère, tendant à le consacrer comme lui à l'état ecclésiastique, mais le simple et tendre abbé entreprit d'obtenir ce que le frère n'avait pas obtenu, et il y réussit. Avec une douceur et une ténacité inébranlables, il le serrait de près, ne lui laissant ni trève ni repos, persuadé qu'il avait mis la main sur une future lumière de l'Eglise.

Il écrivait à un ami commun :

« Reposez-vous sur mon cœur et bien spécialement sur ma conscience,
« du sort de ce bien-aimé Féli ; il ne m'échappera point. L'Eglise aura ce
« qui lui appartient. »

L'excellent homme ne se doutait pas qu'il travaillait à la plus
retentissante des apostasies.

Cependant, le bien-aimé Féli résistait ; ce n'est pas qu'il n'eût
la foi, mais il n'avait certainement pas la vocation. sa nature
violente redoutait les chaînes du sacerdoce.

Lors de la seconde Restauration. les Cent-Jours terminés, il
aurait pu rentrer en France. mais l'abbé Carron se trouvant
retenu à Londres. l'attachement qu'il avait conçu pour ce père
spirituel l'y retint aussi. C'est alors qu'il écrit à son frère :

5 août 1815.

« Si je n'écoutais que mon goût, il me conduirait dans nos bois, *recto*
« *itinere* ; c'est toujours là qu'après ses longues et fatigantes courses, mon
« imagination vient se reposer. Mais que la volonté de Dieu se fasse ! peu
« importe après tout comment se passe le peu qui me reste de vie. Je
« crains qu'on se trompe beaucoup sur l'utilité dont je puis être ; je suis
« propre à bien peu de chose, si à quelque chose. Mon âme est usée, je le
« sens tous les jours ; je me cherche et ne me trouve plus. Mais encore une
« fois, qu'importe ? Je ne m'oppose à rien, je consens à tout ; qu'on lasse
« du cadavre ce qu'on voudra. »

Le voilà donc résigné. Mais peu à peu il se fait illusion, et
s'approche de l'autel, convaincu que c'est la meilleure solution
de sa vie.

Il écrit toujours à son frère :

« Tu m'écrivais, mon cher ami, la veille du jour où tu as offert pour moi
« le saint sacrifice, et j'ai reçu ta lettre la veille du jour qui a terminé ma
« retraite ; me voici donc, grâce à mon bon et tendre père (l'abbé Carron)
« irrévocablement décidé. Jamais je ne serais sorti de moi-même, de mes
« éternelles irrésolutions, mais Dieu m'avait préparé en ce pays le secours
« dont j'avais besoin. Sa providence, par un enchaînement de grâces
« admirable, m'a conduit au terme où elle m'attendait, pleine d'amour
« pour un enfant rebelle, pour le plus indigne des pécheurs. Elle m'arrache
« à ma patrie, à ma famille, à mes amis, à ce fantôme de repos que je
« m'épuisais à poursuivre et m'amène au pied de son ministre pour y
« confesser mes égarements et m'y déclarer ses volontés. Gloire à Dieu !
« Gloire à son ineffable tendresse, à son incompréhensible bonté ; à cet
« amour adorable qui entre toutes ses créatures lui fait choisir la plus
« indigne pour en faire un ministre de son Eglise, pour l'associer au
« sacerdoce de son fils. »

Vers la fin de 1815, l'abbé Carron revient à Paris. Lammneais va prendre les ordres majeurs et ses incertitudes se font jour de nouveau.

Il écrit le 14 décembre à sa sœur, Mme Ange Blaize :

« Ce n'est pas sûrement mon goût que j'ai écouté en me décidant à « reprendre l'état ecclésiastique, mais enfin il faut tâcher de mettre à profit « pour le ciel cette vie si courte ; ce qu'on donne à Dieu est bien peu de « chose, et la récompense est infinie. »

Puis le 24 décembre, après avoir reçu le sous-diaconat. il écrit à son frère Jean :

« Je revins hier de Saint-Sulpice, après avoir reçu le sous-diaconat. Cette « démarche m'a prodigieusement coûté. Dieu veuille en tirer sa gloire. »

Enfin, le 9 mars 1816, il est ordonné prêtre à Vannes, il a obéi à une pression morale inouïe, à laquelle il n'a pas eu le courage de résister. On peut dire que c'est malgré lui qu'on l'a enchaîné dans le sacerdoce, mais une fois le sacrifice consommé, il a poussé un émouvant cri de douleur dans une lettre désespérée, qui jette le plus triste jour sur la suite de son histoire. sur les tortures de sa vie. Cette lettre adressée à son frère dit :

« Quoique M. Carron m'ait plusieurs fois recommandé de me taire sur « mes sentiments, je crois pouvoir et devoir m'expliquer avec toi une fois « pour toutes. Je suis et ne peux qu'être désormais extraordinairement « malheureux. Je n'entends faire de reproches à qui que ce soit ; il y a « des destins inévitables ; mais si j'avais été moins confiant et moins faible, « ma position serait bien différente.

« Enfin, elle est ce qu'elle est, et tout ce qui me reste à faire est de « m'arranger de mon mieux, et s'il se peut de m'endormir au pied du « poteau où l'on a rivé ma chaîne ; heureux si je puis obtenir qu'on ne « vienne pas sous mille prétextes fatigants troubler mon sommeil. »

Quelle fut donc la cause de l'aveuglement de l'abbé Carron et de l'abbé Jean, pour qu'ils entraînassent malgré lui ce malheureux jeune homme à se charger d'une croix, qui, pour être portée noblement, dignement, demande plus que le consentement de l'être moral et physique, mais une soif. une aspiration au renoncement, au sacrifice, que ne possédait certainement pas Lamennais ?

Ils n'avaient pas pour excuse d'ignorer l'état d'âme de leur bien-aimé Féli, car voici ce qu'écrivait l'abbé Jean quelques jours après l'ordination de son frère :

« Féli a été ordonné prêtre, il lui en a coûté singulièrement. M. Carron « d'un côté et moi de l'autre, nous l'avons entraîné, mais sa pauvre âme « est encore ébranlée de ce coup. »

Quelle prodigieuse naïveté! N'est-ce pas trop peu se préoccuper de la créature, sous prétexte de la consacrer au Créateur ? Certainement, une fois engagé, la grâce pouvait agir et c'est bien sur quoi comptaient les deux hommes, dont l'âme béate n'avait pas su comprendre quel bouillonnement il y avait dans celle de Lamennais.

Mais une fois lié au poteau, comme il l'écrivait, il n'eut plus qu'une consolation, celle de se faire le soldat de la cause pour laquelle il s'était laissé entrainer ; il n'avait pas la vocation ecclésiastique, mais il avait la foi.

Depuis longtemps il méditait d'écrire un livre, qu'il comptait intituler l'*Esprit du Christianisme*, probablement en reprenant l'idée de restauration religieuse de Chateaubriand, à un point de vue purement dogmatique ; mais il abandonna le titre, modifia peut-être le fond et écrivit : *L'Essai sur l'indifférence en matière de religion*.

La publication du premier volume produisit dans l'Eglise un effet prodigieux, et conquit du premier coup la célébrité à l'auteur. C'était un nouveau Bossuet, un nouveau Père de l'Eglise qui venait d'apparaitre. Lui, toujours misanthrope, mécontent et pleureur, écrit le 1er mars 1818 : « *Je ne jouis point du succès, j'en souffre. L'obscurité seule me convenait, aussi n'est-ce certainement pas de moi-même que j'en suis sorti.* »

Le titre du livre n'indique pas d'une manière complète le sujet qu'a traité l'auteur : on pourrait supposer qu'il s'agit simplement des gens qui, croyant vaguement ou faiblement, aux vérités religieuses, s'en vont dans la vie en pratiquant peu, point, ou mal, le culte auquel ils appartiennent. Ce ne serait là tout au plus, que le thème d'un sermon, mais non la matière d'un ouvrage en quatre volumes.

L'indifférence dont parle Lamennais est l'indifférence dogmatique. C'est la doctrine de ceux qui, étant très attachés à une forme religieuse quelconque, trouvent par exemple que toutes les religions sont bonnes, que toutes conseillent le bien.

Pour comprendre la pensée de Lamennais, il faut se placer au point de vue du catholicisme, qui est pour lui la vérité religieuse absolue, sur laquelle ne peut planer aucun doute. Cette vérité étant enseignée et dogmatiquement définie par une autorité infaillible, la Papauté.

Donc, être en dehors du Catholicisme, c'est être indifférent sur la nature des dogmes qu'il enseigne. C'est ne pas croire qu'il détient la seule, la vraie vérité, tout en admettant que son enseignement est utile. C'est penser, en un mot, que toutes les religions sont bonnes et conduisent au bien, telle est l'espèce d'indifférence que Lamennais a voulu combattre.

On devine aisément que cette doctrine avait pour conséquence de condamner la tolérance et la liberté religieuse : aussi Lamennais considère-t-il la tolérance comme un nouveau genre de persécution contre l'Eglise. En effet, tolérer l'erreur à côté de la vérité, c'est admettre que la vérité elle-même n'est que tolérée, et n'est-ce pas la pire des persécutions pour elle ?

Il s'en prend au gouvernement de la Restauration lui-même, qui a accepté, avec la charte, cet héritage de la Révolution, la tolérance. Pour lui, c'est aux gouvernements à guérir les maux de l'indifférence, ils doivent agir avec vigueur. le voilà donc en communion de pensée avec J. de Maistre, la théocratie, l'autorité absolue du Pape sur les rois qui s'inclinent devant lui, et seront désormais déposés par lui s'ils faillissent à leur mission.

Ce livre valut à Lamennais les controverses les plus vives. Très admiré après le premier volume dans le haut clergé, il fut désapprouvé dès le second. en émettant la théorie du critérium de la certitude par le consentement unanime. C'était en effet une arme à plusieurs tranchants qui pouvait se retourner facilement contre la cause qu'il voulait défendre ; car combien de théories religieuses, combien d'opinions reconnues fausses par le catholicisme, ont eu un consentement plus unanime en nombre qu'il ne l'a obtenu lui-même.

Les controverses devinrent violentes, la polémique bruyante, les évêques descendirent dans l'arène.

Lors de l'apparition des troisième et quatrième volumes, dans lesquels l'auteur. avec une rigueur tout à fait digne de de Maistre. condamnait la Réforme, la Révolution. les institutions libérales, et enfin l'enseignement universitaire, le nombre de ses ennemis s'accrut de tous les libéraux ; le gouvernement lui-même commença à le surveiller. A l'en croire. le monde allait s'écrouler si on ne retournait pas au régime féodal. Le gouvernement parlementaire était une double insulte à l'Eglise et à la royauté. Naturellement, le parti ultra-légitimiste applaudissait, et commentait ces doctrines.

Lamennais se fit à ce moment, pour la première fois, journaliste ; il écrivit dans le *Drapeau Blanc* plusieurs articles si violents, que le journal fut déféré aux tribunaux, et l'éditeur condamné à 15 jours de prison et à 150 fr. d'amende

Au point de vue purement littéraire, l'*Essai sur l'Indifférence* est

écrit dans une belle langue, correcte et pure. Son style, très clair
pour l'aridité du sujet, est harmonieux et noble. C'était sûrement
le grand écrivain, que la correspondance avait dû faire entrevoir
à ses intimes, qui venait de naître. Je vais, Mesdames et Messieurs,
vous lire quelques lignes de l'introduction, pour vous faire appré-
cier la manière de Lamennais :

« Le siècle le plus malade n'est pas celui qui se passionne pour l'erreur,
« mais le siècle qui néglige, qui dédaigne la vérité. Il y a encore de la force,
« et par conséquent de l'espoir, là où l'on aperçoit de violents transports ;
« mais, lorsque tout mouvement est éteint, lorsque le pouls a cessé de
« battre, que le froid a gagné le cœur, qu'attendre alors, qu'une prochaine
« et inévitable dissolution ?

« En vain, l'on essayerait de se le dissimuler, la société en Europe s'avance
« rapidement vers ce terme fatal. Les bruits qui grondent dans son sein,
« les secousses qui l'ébranlent, ne sont pas le plus effrayant symptôme
« qu'elle offre à l'observateur ; mais cette indifférence léthargique où nous
« la voyons tomber, ce profond assoupissement, qui l'en tirera ? Qui souf-
« flera sur ces ossements arides pour les ranimer ? Le bien, le mal,
« l'arbre qui donne la vie et celui qui produit la mort, nourris par le même
« sol, croissent au milieu des peuples, qui, sans lever la tête, passent,
« étendant la main, et saisissant leurs fruits au hasard. Religion, morale,
« honneur, devoirs, les principes les plus sacrés, comme les plus nobles
« sentiments, ne sont plus qu'une espèce de rêve, de brillants et légers
« fantômes qui se jouent un moment dans le lointain de la pensée, pour
« disparoître bientôt sans retour.

« La cause première d'une si honteuse dégradation est moins la foiblesse
« de notre esprit que son asservissement au corps. Subjugué par les sens,
« l'homme s'habitue à ne juger que par eux, ou sur leur rapport. Il ne voit
« de réalité que dans ce qui les frappe, tout le reste lui paroit de vagues
« abstractions, des chimères. Il n'existe que dans le monde physique : le
« monde intellectuel est nul pour lui. Il nieroit sa pensée même, si elle lui
« étoit moins présente et moins intime ; mais, ne pouvant, si j'ose le dire
« ainsi, se séparer d'elle, et refusant néanmoins de la reconnoître pour ce
« qu'elle est, il en fait le résultat de l'organisation, il la matérialise, afin de
« n'être pas obligé d'admettre des substances inaccessibles aux sens.

« Par les sens, l'homme, incliné vers la terre, enseveli dans les jouis-
« sances physiques, et sans goût pour les plaisirs intellectuels, ressemble
« à la brute, et se complait dans cette ressemblance. Son intelligence
« s'obscurcit, mais trop lentement à son gré : aussi avec quelle ardeur il
« travaille à l'obscurcir encore ! On diroit que la vérité est son supplice,
« tant est vive et profonde la haine qu'elle lui inspire. Il la poursuit sans
« relâche, l'attaque avec fureur, tantôt dans les autres, tantôt en lui-même,
« dans son esprit, dans son cœur, dans sa conscience. Inutiles efforts ! Au
« moment même où il se croit vainqueur, au moment où, plein d'orgueil,
« il s'applaudit d'avoir enfin terrassé, anéanti cette vérité implacable,
« l'imposante vision, plus menaçante et plus formidable, revient de nou-
« veau le désoler. »

Après la publication de l'*Essai sur l'Indifférence*, Lamennais fit un voyage à Rome. Le pape Léon XII qui avait approuvé ses principes, le reçut avec une grande distinction, lui offrit un appartement au Vatican, le pressa de rester à Rome, lui fit pressentir que le chapeau de cardinal serait sa récompense, et lui promit de le soutenir envers et contre tous.

Lamennais revint enchanté, dédaignant les honneurs, mais décidé à poursuivre son œuvre en se mêlant à la politique.

Il publia pendant les années 1825 et 26 : *De la religion considérée dans ses rapports avec l'ordre politique et civil*, continuant dans ce nouvel écrit l'œuvre commencée par l'*Essai sur l'Indifférence*, seulement ici ses attaques se précisent ; il combat successivement le libéralisme et le gallicanisme.

Vous savez sans doute, Mesdames et Messieurs, ce qu'on entend par l'Eglise gallicane. La prétention du pouvoir ecclésiastique, depuis la prépondérance que le catholicisme avait prise dans le monde romain, était de soumettre à son autorité la puissance temporelle des Etats : en sorte que toutes les affaires de la société chrétienne, de n'importe quelle nature fussent gouvernées par l'Eglise.

Les différents chefs de gouvernement résistèrent plus ou moins à ces prétentions, et cette lutte d'influence, se perpétua à travers les siècles.

En France, saint Louis, dans la Pragmatique Sanction essaya de déterminer les attributions respectives des deux pouvoirs : Louis XIV dans la déclaration de 1682, composée de 4 articles rédigés par Bossuet, assura la franchise de l'Eglise de France dite Eglise gallicane.

La Révolution engloutit le gallicanisme sous le monceau de ruines qu'elle accumula avec les choses de l'ancien régime. Napoléon le fit revivre lorsqu'il régla par le Concordat, les rapports de l'Eglise et de l'Etat, et sous la Restauration au moment où écrivait Lamennais, une partie du haut clergé de France, pensait qu'il était en pleine vigueur.

C'est contre ce gallicanisme que dans son nouvel ouvrage, Lamennais tonne avec cette fougue qui lui est naturelle. Pour lui, le gallicanisme procède du même principe que l'Eglise grecque, ou l'Eglise anglicane, c'est un schisme.

Les attaques contre le clergé gallican furent si violentes que, celui-ci provoqua contre lui des poursuites judiciaires. Lamennais eut pour défenseur, Berryer, mais il prit la parole devant ses juges, et prononça ces quelques mots sincères, mais imprudents, qui retombèrent plus tard lourdement sur lui.

« Je dois à ma conscience, dit-il, et au caractère sacré dont je suis revêtu
« de déclarer devant le tribunal, que je demeure inébranlablement attaché
« aux principes que j'ai soutenus, c'est-à-dire à l'enseignement invariable
« du chef de l'Eglise ; que sa foi est ma foi, sa doctrine ma doctrine, et que
« jusqu'à mon dernier soupir, je continuerai de la professer et de la
« défendre. »

La cour ordonna la saisie du livre, et condamna l'auteur à
30 francs d'amende. On avait voulu simplement donner satisfaction à ses adversaires.

En toutes choses, en toutes questions, Lamennais allait toujours
aux dernières extrémités de sa pensée ; dans cette partie de son
œuvre, celle qui procède de la surexcitation qu'avait provoquée
en lui son ordination, il ne proposait rien moins, comme remède
aux maux de la Révolution, que de revenir aux aspirations de
Grégoire VII, c'est-à-dire, de restituer au catholicisme un empire
absolu, non seulement sur les consciences, mais sur les gouvernements.

Une intelligence comme la sienne ne pouvait rester longtemps
dans cette illusion. Il finit par comprendre que l'absolutisme de
sa théocratie était inapplicable à une société émancipée intellec-
tuellement par la philosophie du XVIIIe siècle, et par la Révolution :
or, il n'était pas dans sa nature d'agiter inutilement des idées sans
application possible, et le danger d'une scission complète entre le
catholicisme et la société moderne, dut lui apparaître. Il renonça
alors aux doctrines du passé.

La monarchie des Bourbons restaurée, sur laquelle il avait
compté d'abord pour l'application de ses idées théocratiques,
se montra absolument réfractaire à son influence. Cette résistance
calma quelque peu sa fougue du début : de plus, il avait quitté sa
vieille Bretagne, la solitude au milieu de laquelle ses conceptions
théocratiques avaient pris naissance, il était venu vivre à Paris.

Là, au sein du mouvement moderne, dans le journalisme où,
malgré tous les obstacles, toutes les idées parvenaient cependant
à se faire jour, Lamennais se laissa séduire peu à peu par le
libéralisme ; il le comprit d'autant mieux, qu'il finit par se souvenir que le christianisme s'était implanté dans le monde par les
idées libérales ; il accepta dès lors la légitimité de ces idées.

Méprisant les anciens pouvoirs dont il sentait la décrépitude,
voyant comme Chateaubriand la monarchie finie, sans s'attarder
à une fidélité d'étiquette, mu par de plus hautes pensées, il conçut
l'alliance de la religion et de la liberté, et après avoir été l'apôtre
enflammé de l'ultramontanisme, la marche de son esprit le

conduisit à être le chef, le promoteur de ce qu'on a appelé le catholicisme libéral, école brillante, à laquelle ont appartenu Berryer et Montalembert.

On le voit, cette transformation dans les idées de Lamennais, transformation qui peut étonner, qui a été vivement critiquée en son temps, fut le résultat d'une conversion sincère, raisonnée. Il ne vit que le bien qu'il pouvait faire à l'Eglise, à la Société, en cherchant à consolider leur union si ébranlée.

Mais de sa première campagne il restait ce fait : que l'esprit ultramontain avait pénétré dans l'Eglise de France, ce qui n'avait pas eu lieu sous l'ancien régime : et que les grandes milices monastiques, autrefois toujours plus ou moins suspectes au clergé séculier, s'insinuaient partout et envahissaient l'enseignement.

L'évolution de Lamennais avait commencé dès 1827. Il écrivait à cette époque :

« Ne croyez pas qu'on puisse arrêter le mouvement qui emporte la société,
« ni se rendre maître de sa direction par aucun des moyens que fournit la
« politique. Ce mouvement est dans les esprits qui, préoccupés d'idées
« nouvelles, en partie fausses, vraies en partie, s'avancent vers un avenir
« aussi inconnu qu'inévitable. Jamais on ne relèvera l'ancien édifice, et
« sous aucun rapport il ne serait à souhaiter qu'on le relevât. »

Dans son dernier ouvrage de la première période : *Des progrès de la Révolution et de la Guerre contre l'Eglise*, ses idées sur la liberté commencent à se faire jour publiquement. Il frappe, il est vrai, sur tout le monde : libéraux, royalistes, ministériels, mais il réclame la liberté : en réalité, pour les besoins de sa polémique, mais enfin il en comprend la nécessité, et il la réclame.

La révolution de 1830 ne le surprit pas, il la prédisait depuis longtemps. Rassemblant alors autour de lui les disciples qu'il avait conquis à ses nouvelles doctrines du catholicisme libéral, il se jette hardiment dans la mêlée, en fondant le journal *l'Avenir*, avec *Lacordaire*, *Montalembert* et quelques autres jeunes gens moins connus.

La surprise, on peut dire la stupéfaction que produisit cette publication, fut énorme : elle mettait subitement à jour la transformation qui s'était lentement opérée dans l'esprit de Lamennais et le saint théocrate, le continuateur de *J. de Maistre* apparaissait tout d'un coup, criant : « Vive la liberté ! »

Le journal, en matière religieuse, n'acceptait que les doctrines romaines, qu'il défendait contre tout gallicanisme. En matière politique, le gouvernement lui était indifférent, quel qu'il fût, il lui promettait son appui pourvu qu'il respectât les principes de

liberté que le journal déclarait nécessaires, c'est-à-dire la liberté
de conscience, la liberté d'enseignement, la liberté de la presse et
la liberté d'association, que toutes il espérait bien voir tourner au
profit de l'Eglise.

Voici comment Lamennais exposait, dès le premier numéro,
l'esprit de cette publication :

« Dans la dissolution universelle, il ne reste que deux principes debout :
« Dieu et la liberté. Unissez ces deux principes, et les deux grands besoins
« de l'âme seront satisfaits.

« Jusqu'ici les catholiques se sont défiés de la liberté parce qu'elle était
« défendue par une philosophie impie ; mais cette philosophie elle-même
« n'était impie que parce que la religion s'était associée au despotisme ; on
« combattait la religion pour combattre l'absolutisme ; mais le vrai Christia-
« nisme, le Christianisme compris dans son essence, n'est pas incompatible
« avec la liberté, car il en est la base... »

Ce qu'il rêvait, c'était la séparation de l'Eglise et de l'Etat ; il
engageait les évêques à renoncer à leur traitement, à compter,
pour leur entretien sur les fidèles. Il disait à la Papauté : Séparez-
vous des rois, tendez la main aux peuples et vous retrouverez
dans cette alliance une domination qui vous échappe. L'idée était
féconde, mais elle arrivait trop tôt ; un Léon XIII l'eût peut-être
comprise.

Rome à cette époque refusa d'entrer dans les voies de la liberté.
Ce fut, croyons-nous, une très grande faute.

Comme il fallait s'y attendre, l'*Avenir* fut poursuivi et saisi à
plusieurs reprises soit sous l'instigation du clergé, soit du fait du
gouvernement. Un an après sa fondation, en novembre 1831,
Lamennais en suspendit la publication annonçant qu'il allait
provoquer une décision de la cour romaine relativement à ses
doctrines. La façon touchante dont il s'exprime dans le dernier
numéro mérite d'être rappelée :

« Nous quittons un instant le champ de bataille pour un autre devoir
« également pressant ; le bâton du voyageur à la main, nous nous achemi-
« nerons vers la chaire éternelle, et là, prosternés aux pieds du pontife que
« Jésus-Christ a préposé pour guide et pour maître à ses disciples, nous
« lui dirons : O père ! daignez abaisser vos regards sur quelques-uns
« d'entre les derniers de vos enfants, qu'on accuse d'être rebelles à votre
« infaillible et douce autorité ; les voilà devant vous, lisez dans leur cœur,
« il ne s'y trouve rien qu'ils veuillent cacher ; si une seule de leurs pensées
« une seule s'éloigne des vôtres, ils la désavouent, ils l'abjurent. Vous êtes
« la règle de leurs doctrines ; jamais, non jamais, ils n'en connaîtront
« d'autre. O père, prononcez sur eux la parole qui donne la vie parce
« qu'elle donne la lumière, et que votre main s'étende pour bénir leur
« obéissance et leur amour. »

Il se rendit donc à Rome, avec *Lacordaire* et *Montalembert*, mais il n'y trouva que la plus décourageante indifférence ; on ne répondit rien à sa demande. Le pape refusa d'abord de le recevoir et quand il le reçut, ce fut sous condition expresse qu'aucune des questions qui l'avaient amené à Rome ne seraient agitées. L'entretien, qui dura un quart d'heure, fut aussi banal que possible : il se borna à des sujets d'art.

Lamennais fut atteint en plein cœur par cette indifférence ; il comprit que, souverain temporel, le saint père n'avait pas voulu séparer sa cause de celle des autres monarques, et que les brûlantes ardeurs de son âme à lui, tourmentée d'idéal, ne pouvaient toucher un vieillard.

Dans le feu de la lutte, dans l'entraînement de sa conception géniale (le mot n'est pas de trop), Lamennais ne comprenait pas les froides réflexions que la cour de Rome pouvait opposer à sa conviction passionnée.

Il ne convenait pas à la dignité de cette souveraine autorité spirituelle, de discuter avec un subordonné violent, elle se taisait ; donc, elle désapprouvait.

Lamennais, avec son tempérament d'apôtre et son esprit absolu disait hardiment, s'adressant au Pape : « Abandonnez les débris terrestres de votre grandeur ruinée, reprenez la houlette des premiers pasteurs, et les peuples viendront à vous. » C'était facile à dire, mais point du tout à faire.

Quand il conseillait au catholicisme de revenir à la simplicité primitive, il oubliait, qu'en s'organisant à travers les âges, le christianisme s'était mêlé et combiné avec des intérêts sociaux innombrables, que c'était toute une hiérarchie à briser pour revenir au point de départ, que rompre violemment avec les pouvoirs publics c'était faire naître peut-être une nouvelle persécution ou allumer la pire des guerres, la guerre de religion.

L'établissement d'un catholicisme libéral pouvait bien se faire peu à peu par le fait de transactions que le temps amène, mais non par le fait d'une brutale évolution comme celle qui captivait l'imagination du fondateur de l'*Avenir*.

Après avoir été reçu par le saint père, Lamennais attendit encore quelque temps une réponse, mais celle-ci ne venant pas, il quitta Rome. Peu après son départ parut l'Encyclique qui le condamnait. Il ne se soumit pas immédiatement, ou du moins fit des réserves dans sa soumission. Enfin, après une lutte de 18 mois, pressé par ses amis, il signa dans les mains de l'archevêque de Paris. M⁾ *de Quélen*, une soumission sans réserve aucune, conçue en ces termes : « *Je soussigné déclare dans les termes mêmes de la formule contenue dans le bref du souverain pontife Grégoire XVI du 5 octobre 1833, suivre uniquement et absolument la doctrine exposée dans l'Encyclique du même pape, et je m'engage à ne rien écrire ou approuver qui ne soit conforme à cette doctrine. — 11 décembre 1833.* »

Mais ce prêtre avait senti mourir en lui sa foi en la Papauté, et en réalité l'abbé Lamennais cessa d'exister à partir de ce moment pour ne laisser subsister que le révolté Lamennais.

Il aurait pu, comme nous l'avons vu de nos jours pour le *Père Didon*, se soumettre et se taire, mais son incrédulité de l'enfance au moment où il préparait sa première communion, sa vocation forcée pour le sacerdoce, tout cela revint à la surface ; une douleur amère s'empara de son âme, et le précipita vers l'apostasie.

Une parole bienveillante du Saint-Père, tout en condamnant sa doctrine, puisqu'on la trouvait condamnable, l'eût sans doute sauvé : « Vous vous êtes trompé, nous reconnaissons la pureté de vos intentions ; mais, laissez à nous qui en avons reçu mission le soin de diriger l'Eglise. Allez et ne péchez plus. » Cela eût peut-être suffi.

Mais l'indifférence affectée envers le serviteur si désintéressé de l'Eglise qu'il avait été, le remplit d'amertume, de dégoût, et l'entraina.

C'était l'âme brisée, le cœur ulcéré qu'il s'était soumis aux décisions du Saint-Siège : en signant le 11 décembre 1833, une adhésion complète et sans réserve à l'Encyclique de Grégoire XVI qui le visait particulièrement, il disait en même temps à Mgr de Quélen qui recevait son adhésion : « *Pour avoir la paix, je signerai si l'on veut que le Pape est Dieu.* » Cette parole pleine d'une ironique amertume indiquait bien la révolte qui couvait en son âme.

Y avait-il comme on l'a dit, uniquement de l'orgueil blessé dans cette colère ? Non, il y avait une immense désillusion. Il avait fait dans sa pensée de la Papauté l'arbitre souverain de toutes les causes, la protectrice de toutes les faiblesses, et la Papauté, selon lui, se dérobait à son rôle. Ce n'était point de ce qui le concernait directement dans l'Encyclique qui le condamnait, dont il avait souffert ; mais d'une réponse indirecte que la Pape avait faite à ses idées pendant qu'il était à Rome. Cette réponse était le bref que Grégoire XVI adressait aux évêques de Pologne.

A cette époque la Pologne luttait pour son indépendance. Elle n'acceptait pas l'odieuse mutilation que la Russie, la Prusse et l'Autriche lui avaient imposée et avec un héroïsme admirable revendiquait les armes à la main sa liberté. Elle possédait en Europe et surtout en France la sympathie ardente du public, elle représentait une nation écrasée, une patrie détruite violemment, spoliée et maintenue dans la servitude, sans autre raison que la cupidité de ses puissants vainqueurs; elle représentait aussi la cause de la liberté religieuse, de la liberté catholique, car elle invoquait la différence de religion avec la Russie pour se soustraire à sa domination.

Elle défendait donc deux choses que l'Eglise avait toujours déclarées inviolables: la Patrie et la Religion.

A ce moment elle était vaincue et décimée par d'affreux supplices, et pour des raisons purement politiques et temporelles, parce que le pouvoir pontifical avait besoin de l'appui de la Russie, le Pape n'hésitait pas à l'abandonner, à l'accabler, en déclarant juste la cause de ses oppresseurs. Voilà comment il répondait indirectement aux objurgations de Lamennais qui lui demandait de séparer la cause de la religion de celle des Gouvernements et de tendre la main aux peuples.

Nous avons été informés, disait le bref, de la misère affreuse dans laquelle ce royaume a été plongé, et que cette misère avait été causée par les menées des malveillants qui sous prétexte de l'intérêt de la religion se sont élevés contre la puissance des souverains légitimes — des conquérants eût été plus vrai. Le bref soutenait à l'aide de l'Ecriture *la soumission absolue au pouvoir institué par Dieu*, sans expliquer si cette soumission peut s'appliquer à un peuple asservi par la violence, qui cherche à reconquérir son indépendance, comme les *Machabées*, par exemple, que l'Eglise a cependant toujours offerts à l'admiration des fidèles.

On comprend que Lamennais dut être profondément attristé par ce bref qui condamnait indirectement toutes ses doctrines de séparation de l'Eglise et de l'Etat, qui lui ôtait toute illusion sur le rôle spirituel, fraternel, chrétien de la Papauté, et qui arrachait malgré lui de son âme, les derniers vestiges d'amour et de respect qui y restaient encore pour la chaire pontificale.

Vaincu et humilié, Lamennais se retira dans sa solitude de La Chénaie, où il prépara, par un sentiment très humain, mais peu conforme à l'esprit sacerdotal, l'acte de révolte et de colère qui retentit dans le monde entier, et par lequel il sortait du sacerdoce.

La révolte était difficile à justifier, car elle était précédée par la rétractation absolue dont nous vous avons fait connaître le texte, et surtout par l'article qui avait paru dans l'*Avenir* au moment du départ pour Rome.

Cet acte fut la publication *des Paroles d'un Croyant.*

« *Le sort en est jeté, il faut en finir* », écrivait Lamennais à *Sainte-Beuve*, en le chargeant de faire imprimer son manuscrit.

Ce livre extraordinaire fit une sensation profonde. Il était écrit en style biblique, par versets. Il était tour à tour violent et sombre, comme les chants les plus terribles de l'*Enfer* du *Dante*, ou d'une extrême douceur et sérénité.

Aucune doctrine positive n'y était formulée, mais toutes les tendances démocratiques et sociales de l'esprit chrétien des premiers temps y étaient exaltées, et mises en opposition avec les actes de l'Eglise moderne pactisant avec les tyrannies d'Etat.

C'était par conséquent, sans attaque directe, la critique la plus acerbe qui eût pu être faite de la Papauté, qui apparaissait à travers les pages passionnées de ce poème, la dénonçant comme manquant à sa mission de protection et de charité. Enfin c'était la révolte.

Je vais vous lire, Mesdames et Messieurs, quelques chapitres de cette œuvre si vraiment remarquable au point de vue littéraire, et qui, prise en détail en dehors de son esprit général de critique, est du plus pur enseignement Chrétien.

Elle est dédiée au peuple et commence ainsi :

« Ce livre a été fait principalement pour vous ; c'est à vous que je l'offre.
« Puisse-t-il, au milieu de tant de maux qui sont votre partage, de tant de
« douleurs qui vous affaissent sans presque aucun repos, vous ranimer et
« vous consoler un peu !

« Vous qui portez le poids du jour, je voudrais qu'il pût être à votre
« pauvre âme fatiguée ce qu'est, sur le midi, au coin d'un champ, l'ombre
« d'un arbre, si chétif qu'il soit, à celui qui a travaillé tout le matin sous les
« ardents rayons du soleil.

« Vous vivez en des temps mauvais, mais ces temps passeront. »

Ecoutez maintenant, Mesdames et Messieurs, l'admirable page de Résignation Chrétienne en même temps que le poème poignant qu'est l'élégie de la mère et de la fille.

« C'était une nuit d'hiver. Le vent soufflait au dehors, et la neige
« blanchissait les toits.

« Sous un de ces toits, dans une chambre étroite, étaient assises,
« travaillant de leurs mains, une femme à cheveux blancs et une jeune fille.

« Et de temps en temps, la vieille femme réchauffait à un petit brasier
« ses mains pâles. Une lampe d'argile éclairait cette pauvre demeure, et un
« rayon de la lampe venait expirer sur une image de la Vierge suspendue
« au mur.

« Et la jeune fille, levant les yeux, regarda en silence, pendant quelques
« moments, la femme à cheveux blancs ; puis elle lui dit : « Ma mère, vous
« n'avez pas été toujours dans ce dénûment. »

« Et il y avait dans sa voix une douceur et une tendresse inexprimables.

« Et la femme à cheveux blancs répondit : « Ma fille, Dieu est le maitre :
« ce qu'il fait est bien fait. »

« Ayant dit ces mots, elle se tut un peu de temps ; ensuite elle reprit :

« Quand je perdis votre père, ce fut une douleur que je crus sans
« consolation : cependant vous me restiez ; mais je ne sentais qu'une chose
« alors.

« Depuis, j'ai pensé que s'il vivait et qu'il nous vit dans cette détresse,
« son âme se briserait ; et j'ai reconnu que Dieu avait été bon envers lui. »

« La jeune fille ne répondit rien, mais elle baissa la tête, et quelques
« larmes, qu'elle s'efforçait de cacher, tombèrent sur la toile qu'elle tenait
« entre ses mains.

« La mère ajouta : « Dieu, qui a été bon envers lui, a été bon aussi envers
« nous. De quoi avons-nous manqué, tandis que tant d'autres manquent
« de tout ?

« Il est vrai qu'il a fallu nous habituer à peu, et, ce peu, le gagner par
« notre travail ; mais ce peu ne suffit-il pas ? et tous n'ont-ils pas été dès le
« commencement condamnés à vivre de leur travail ?

« Dieu, dans sa bonté, nous a donné le pain de chaque jour : et combien
« ne l'ont pas ! un abri, et combien ne savent où se retirer !

« Il vous a, ma fille, donnée à moi : de quoi me plaindrais-je. »

« A ces dernières paroles, la jeune fille, tout émue, tomba aux genoux de
« sa mère, prit ses mains, les baisa, et se pencha sur son sein en pleurant.

« Et la mère, faisant un effort pour élever la voix : « Ma fille, dit-elle, le
« bonheur n'est pas de posséder beaucoup, mais d'espérer et d'aimer
« beaucoup.

« Notre espérance n'est pas ici-bas, ni notre amour non plus, ou, s'il y
« est, ce n'est qu'en passant.

« Après Dieu, vous m'êtes tout en ce monde ; mais ce monde s'évanouit
« comme un songe, et c'est pourquoi mon amour s'élève avec vous vers un
« autre monde.

« Lorsque je vous portais dans mon sein, un jour, je priai avec plus
« d'ardeur la Vierge Marie, et elle m'apparut pendant mon sommeil, et il
« me semblait qu'avec un sourire céleste elle me présentait un petit enfant.

« Et je pris l'enfant qu'elle me présentait, et, lorsque je le tins dans mes
« bras, la Vierge-Mère posa sur sa tête une couronne de roses blanches.

« Peu de mois après, vous naquites, et la douce vision était toujours
« devant mes yeux. »

« Ce disant, la femme aux cheveux blancs tressaillit, et serra sur son
« cœur la jeune fille.

« A quelque temps de là, une âme sainte vit deux formes lumineuses
« monter vers le ciel, et une troupe d'anges les accompagnait, et l'air
« retentissait de leurs chants d'allégresse. »

Voici enfin, le terrible chapitre XXVIII sur la tolérance, où
Lamennais reprochait à la Papauté, les persécutions contre les
hérétiques, l'inquisition :

« On a vu des temps où l'homme, en égorgeant l'homme dont les
« croyances différaient des siennes, se persuadait offrir un sacrifice agréable
« à Dieu.

« Ayez en abomination ces meurtres exécrables.

« Comment le meurtre de l'homme pourrait-il plaire à Dieu, qui a dit à
« l'homme : « Tu ne tueras point. »

« Lorsque le sang de l'homme coule sur la terre, comme une offrande à
« Dieu, les démons accourent pour le boire, et entrent dans celui qui l'a
« versé.

« On ne commence à persécuter que quand on désespère de convaincre,
« et qui désespère de convaincre, ou blasphème en lui-même la puissance
« de la vérité, ou manque de confiance dans la vérité des doctrines qu'il
« annonce.

« Quoi de plus insensé que de dire aux hommes : « Croyez ou mourez ! »

« La foi est fille du Verbe : elle pénètre dans les cœurs avec la parole, et
« non avec le poignard.

« Jésus passa en faisant le bien, attirant à lui par sa bonté, et touchant
« par sa douceur les âmes les plus dures.

« Ses lèvres divines bénissaient, et ne maudissaient point, si ce n'est les
« hypocrites. Il ne choisit pas des bourreaux pour apôtres.

« Il disait aux siens : « Laissez croître ensemble, jusqu'à la moisson, le
« bon et le mauvais grain, le père de famille en fera la séparation sur l'aire. »

« Et à ceux qui le pressaient de faire descendre le feu du ciel sur une
« ville incrédule : « Vous ne savez pas de quel esprit vous êtes. »

« L'esprit de Jésus est un esprit de paix, de miséricorde et d'amour.

« Ceux qui persécutent en son nom, qui scrutent les consciences avec
« l'épée, qui torturent le corps pour convertir l'âme, qui font couler les
« pleurs, au lieu de les essuyer, ceux-là n'ont pas l'esprit de Jésus.

« Malheur à qui profane l'Évangile, en le rendant pour les hommes un
« objet de terreur ! Malheur à qui écrit la bonne nouvelle sur une feuille
« sanglante !

« Ressouvenez-vous des catacombes.

« En ce temps-là, on vous traînait à l'échafaud, on vous livrait aux bêtes
« féroces dans l'amphithéâtre pour amuser la populace, on vous jetait par
« milliers au fond des mines et dans les prisons, on confisquait vos biens,
« on vous foulait aux pieds comme la boue des places publiques ; vous
« n'aviez, pour célébrer vos mystères proscrits, d'autre asile que les
« entrailles de la terre.

« Que disaient vos persécuteurs ? Ils disaient que vous propagiez des
« doctrines dangereuses ; que votre secte, ainsi qu'ils l'appelaient, troublait
« l'ordre et la paix publique ; que, violateurs des lois et ennemis du genre
« humain, vous ébranliez l'empire en ébranlant la religion de l'empire.

« Et dans cette détresse, sous cette oppression, que demandiez-vous ? la
« liberté. Vous réclamiez le droit de n'obéir qu'à Dieu, de le servir et de
« l'adorer selon votre conscience.

« Lorsque, même en se trompant dans leur foi, d'autres réclameront de
« vous ce droit sacré, respectez-le en eux, comme vous demandiez que les
« païens le respectassent en vous,

« Respectez-le pour ne pas flétrir la mémoire de vos confesseurs, et ne
« pas souiller les cendres de vos martyrs.

« La persécution a deux tranchants : elle blesse à droite et à gauche.

« Si vous ne vous souvenez plus des enseignements du Christ, ressouve-
« nez-vous des catacombes. »

L'effet sur le peuple de ces pages brûlantes de charité et d'amour fut immense. Sainte-Beuve raconte qu'étant allé à l'imprimerie pour suivre les phases de l'impression, il trouva les compositeurs qui avaient quitté leurs casses et s'étaient réunis en rond autour de l'un deux, qui, déclamait avec un enthousiasme indescriptible, le feuillet de copie qu'il tenait en main.

Dans les hautes régions de la société, l'effet ne fut pas moins grand. Un des amis les plus intimes de Lamennais, M. de Vitrolles, lui écrivait les jugements recueillis autour de lui dans les sphères du gouvernement et les lui faisait connaître dans la lettre suivante :

« Mais comment avez-vous laissé écrire et publier un pareil ouvrage,
« disait-on au Ministre de l'Intérieur ? Et comment aurais-je pu l'empêcher ?
« Mais c'est une œuvre abominable ; tous les principes de la société y sont
« attaqués, quelle violence! quel talent! Il n'y a plus de gouvernement pos-
« sible si les lois sont impuissantes pour faire condamner l'auteur par les
« Cours d'Assises. C'est sublime, et puis c'est vrai : la légitimité est un
« dogme impie, il n'y a que Dieu de légitime.

« Le Conseil des Ministres a été réuni, Guizot était pour les poursuites, de
« Rigny était contre, non qu'il ne trouvât l'œuvre abominable, mais parce
« qu'il craint le scandale et l'inutilité.

« Chateaubriand disait en confiance : Concevez-vous que dans mon
« article, j'ai cru aller au-delà de tout ce qu'on pouvait dire, en voilà un
« qui me laisse bien loin en arrière. Quelle beauté de pensée ! quelle per-
« fection de style ! La langue n'a pas encore offert de pages semblables à
« l'élégie de la mère et de la fille. — Ce qu'il y a d'heureux, disait un autre,
« c'est qu'il est prouvé que l'auteur est fou et qu'il sera incessamment aux
« petites maisons.

« C'est un bonnet rouge planté sur une croix. En voilà assez, et, j'en
« pourrais remplir encore quatre pages.

« Vous subissez, mon ami, continuait M. de Vitrolles, les conditions de
« votre génie ; il est enfant de la tempête, et vous la suivez au loin sans le
« savoir. Votre cœur et votre esprit ont été dupes de votre imagination, et
« quel funeste présent qu'une telle imagination ! Que je bénis le Ciel de ma
« simple et médiocre raison en voyant à quels excès peut conduire ce don
« fatal qu'on appelle le génie ! Hélas ! les gémissements, les reproches de
« mon amitié sont inutiles. La parole échappée ne saurait revenir. Que
« Dieu en écarte les terribles conséquences ! »

La première de ces conséquences fut que Grégoire XVI condamna le livre.

Les conseils de l'amitié n'avaient certes pas manqué à Lamennais. Béranger, en qui il avait la plus grande confiance, à qui il contait ses troubles de conscience, lui répétait sans cesse : *« Restez prêtre. C'est une partie de votre honneur. Quitter l'Eglise, pour vous, ce n'est pas abdiquer, c'est déserter. »*

Il déserta.

La valeur littéraire des *Paroles* est de premier ordre. Nous venons de voir ce qu'en pensait Chateaubriand. Voici ce qu'en a dit Renan :

« Les deux qualités essentielles de Lamennais, la simplicité et la grandeur
« se déploient tout à leur aise, dans ces petits poèmes, où un sentiment
« exquis et vrai remplit avec une parfaite proportion un cadre achevé. Il
« créa avec des réminiscences de la Bible et du langage ecclésiastique, cette
« manière harmonieuse et grandiose qui réalise ce phénomène unique dans
« l'histoire littéraire d'un pastiche de génie. »

Désormais libre de toute contrainte, Lamennais ayant rompu avec le passé, se fit l'apôtre de l'avenir : il devint le chef écouté et vénéré du parti démocratique.

En 1836 parut son livre *Les Affaires de Rome*, qui est l'un de ses meilleurs ouvrages. Il y racontait son voyage et ses déceptions. Ce livre est intéressant non seulement par le fond, mais encore par la forme. Le talent pittoresque et descriptif s'y joint à la verve du polémiste. On y trouve des peintures de mœurs, des portraits, des récits, d'une langue souple et naturelle.

Il écrivit ensuite : *le Livre du Peuple*, *l'Esclavage moderne*, *la Politique du Peuple*, opuscules qui ne sont que les faibles imitations des *Paroles d'un Croyant*; on n'y trouve aucune idée vraiment personnelle.

Un de ces ouvrages : *Le Pays et le Gouvernement*, fut poursuivi et lui valut un an de prison et 2.000 francs d'amende.

Il écrivit alors : *Une Voix de Prison*, qui rappelle de loin : *Les Paroles d'un Croyant*.

De 1841 à 1846, il fit paraître : *L'Esquisse d'une Philosophie*. Ouvrage trop oublié, vraiment remarquable, absolument désintéressé et sans passion, tout scientifique, et auquel nuisit le bruit qui s'était fait autour du nom de Lamennais.

Puis parurent les *Amschaspans* et les *Darvons*. Ces mots bizarres représentent les bons et les mauvais génies. C'est un pamphlet sur l'état de la société. Les mauvais génies sont ceux qui ne pensent pas comme l'auteur, et les bons ceux qui pensent comme lui.

Après la Révolution de 1848, Lamennais rentra dans la politique militante. Le peuple, pour qui il avait tant écrit, ne l'oublia pas, il fut nommé député de Paris à l'Assemblée Constituante ; il y apporta un projet complet de constitution ; mais toujours absolu, ne pouvant le faire adopter en entier, il le retira.

Il avait fondé un journal : *Le Peuple Constituant*. Les sanglantes journées de juin amenèrent une réaction contre laquelle il tonna.

et le rétablissement du cautionnement pour les journaux l'obligea
à suspendre sa publication. Son dernier article se terminait par
ces mots très virulents contre la réaction au désordre :

*« Il faut aujourd'hui de l'or, beaucoup d'or pour jouir du droit
de parler ; nous ne sommes pas assez riches. Silence aux pauvres. »*

A partir de ce moment, la tribune lui étant interdite par son
mauvais état de santé et par la faiblesse de sa voix, Lamennais se
borne à protester par ses votes contre toutes les mesures de réaction.

Après le coup d'Etat du 2 décembre, il rentra dans la solitude,
emportant une désillusion de plus et abîmé d'une douleur que
rien ne semblait pouvoir consoler.

A cet instant où cette âme ombrageuse, toute peuplée de fantômes, se consumait dans l'inaction, de douces et saintes amitiés
cherchèrent à lui rendre le courage. Béranger, pour qui Lamennais avait une grande affection, dont il prisait beaucoup le simple
bon sens, lui écrivait une lettre que je ne puis résister au plaisir
de vous lire, bien qu'elle soit un peu hors de mon sujet ; tant elle
contient de bonté, de finesse et d'esprit.

« Mon cher Ami,

« Quand je pense au peu d'exercice que vous donnez à vos jambes, cela
« me fait peur pour vous. Marchez, mon cher ami, marchez ! Pour des
« hommes comme vous, marcher c'est penser. Est-ce que vous ne voudriez
« plus penser, par hasard ? N'allez pas nous faire un tour comme celui-là.

« Il y en a, me dites-vous, qui naissent avec une plaie au cœur ». En
« êtes-vous bien sûr ? Je crois plutôt que nous autres, qui venons au
« monde pour écrire, grands ou petits, philosophes ou chansonniers, nous
« naissons avec une écritoire dans la cervelle. Comme l'encre y abonde
« sans cesse, dès que nous laissons reposer notre plume, le noir liquide se
« répand, et coule jusqu'au siège de nos affections. Alors, nos humeurs
« s'imprègnent de noir ; hommes et choses, le monde, la création toute
« entière nous fait horreur. Nous nous en prenons surtout à la pauvre
« espèce humaine, dont tant de gens disent pis que pendre, comme s'ils
« avaient l'honneur de n'en pas faire partie. Mais, employons-nous l'encre
« de notre écritoire à noircir du papier ? aussitôt notre esprit se rassérène ;
« notre imagination se purge, et nos œuvres, fussent-elles œuvres de
« misanthrope, notre humeur, charmée par le travail, ferme cette plaie
« dont vous vous plaignez. Oui, cher maître, il en est ainsi de nous autres
« écrivains. Employez donc votre encre pour qu'elle ne se répande pas sur
« tout votre être. Ecrivez, écrivez ; utilisez encore votre beau génie et vous
« éprouverez le soulagement promis à tous ceux de notre profession,
« en attendant la gloire éternelle.

« BÉRANGER. »

Il suivit le conseil que lui donnait Béranger, il chercha à oublier
son chagrin par le travail, et se mit à traduire la divine Comédie
du Dante.

C'est au milieu de ces travaux que la mort vint le prendre. Il succomba à une pleurésie le 27 février 1854.

Il avait senti venir le moment de l'épreuve suprême. Il prit ses dispositions testamentaires, et légua ses ouvrages, ainsi que ses manuscrits, à M. Forgues, ancien écrivain du *National*, lequel a publié plus tard 3 volumes de la correspondance.

Naturellement, et avec raison, le clergé mit tout en œuvre : influences de famille et d'amitié, pour ramener au dernier moment ce grand révolté dans le sein de l'Eglise, mais tout fut inutile. Lamennais avait chargé un groupe d'amis : Henri Martin, Carnot, Barbet, de le défendre contre les insistances de cette nature, et de plus, il avait inséré dans son testament les lignes suivantes : « *Je veux être enterré au milieu des pauvres et comme le sont les pauvres. On ne mettra rien sur ma tombe, pas même une pierre. Mon corps sera porté directement au cimetière, sans être présenté à aucune église.* »

Le jour des funérailles, une foule immense était accourue. Le gouvernement du coup d'Etat eut peur de ce cadavre, il prit des dispositions, changea l'heure du convoi, interdit l'entrée du cimetière.

Les volontés de Lamennais furent respectées, il fut enterré dans la fosse commune, au milieu des pauvres, et rien ne marqua la place où était enseveli cet homme, dont la parole avait fait tressaillir le monde.

Quel jugement porter sur ce penseur oublié aujourd'hui du peuple qu'il a le plus servi ?

On lui a reproché d'avoir abandonné le sacerdoce, mais la responsabilité de cet acte remonte en grande partie à ceux qui l'entrainèrent dans une voie qui n'était pas la sienne, qui ne surent pas lire au fond de cette âme, qui n'y virent pas que l'obéissance passive, silencieuse des humbles, n'était pas faite pour cette pensée vouée à la recherche stérile de l'absolu.

Doué d'une imagination puissante et d'un cœur passionné à l'excès, Lamennais ne voyait les choses que sous un aspect, sa pensée allait jusqu'au bout de cette donnée unique, cherchait l'absolu du bien dans la voie où elle s'était engagée, n'admettant ni tempérament, ni compromis, quitte à l'abandonner sans hypocrite transition quand il reconnaissait son erreur, et à s'engager avec la même ardeur dans une autre voie.

Il semblait ignorer que tout est relatif en ce monde, que rien de durable ne se fonde, ni ne s'obtient par brusque revirement, par rapide évolution.

Il y eut cependant dans sa pensée, à notre avis, plus d'unité qu'il n'y parut, et qu'on ne l'a dit.

Son âme d'apôtre Chrétien fut de tout temps assoiffée de justice.

Il pensa d'abord que ce règne de la justice s'obtiendrait par la souveraineté absolue de l'Eglise sur tous les pouvoirs ; comprenant son erreur, il rêva l'alliance de l'Eglise avec les peuples contre la tyrannie de l'Etat, détrompé encore, il poursuivit son rêve et il espéra enfin en trouver la réalisation, dans l'avènement de la démocratie au pouvoir.

L'idée de ramener le Catholicisme aux principes de son origine était une idée féconde, elle eut donné au développement de la démocratie, l'appui d'une force considérable, le sentiment religieux. Mais penser que la Papauté pourrait l'accepter, était une pure chimère.

Comme écrivain, Lamennais, tient un des premiers rangs dans la littérature du siècle. Son style pénétrant et clair, même pour les sujets les plus abstraits, a une flamme de passion, auquel nul n'a atteint parmi les modernes. Il lui a manqué peut-être comme dans sa pensée si entière, l'art des nuances. *Il y a chez lui,* a dit Renan avec justesse, *trop de colère et pas assez de dédain, et la colère entraîne le style à la déclamation.*

Dans notre prochaine leçon nous traiterons de Victor Cousin.

ASSOCIATION POLYTECHNIQUE

ET UNIVERSITÉ POPULAIRE

Lectures Populaires Année 1898-1899

SALLE de L'ECOLE COMMUNALE de la RUE GRIGNAN

LECTRICE

Mme B. MUSELIER

Morceaux Choisis dans l'Œuvre de F^cois COPPÉE

Deux Contes : LE MORCEAU DE PAIN ; LE CANTONNIER
Une Poésie : UN FILS

Notre lecture aujourd'hui, Mesdames et Messieurs, est empruntée aux œuvres d'un écrivain vivant, de F. Coppée, poëte et prosateur, qui dans ses contes en prose comme dans ses vers, a su retracer avec une grande vérité la vie des humbles, c'est-à-dire de la très grande majorité des humains, de ceux qui subsistent presque au jour le jour du travail quotidien, heureux quand ce travail est assuré. Ce n'est pas seulement la vérité des peintures, la justice qu'il rend aux vertus populaires, qui font le mérite des œuvres de M. Coppée, c'est aussi l'enseignement qu'on en peut tirer, la philosophie pratique qui s'en dégage.

Il s'est attaché à mettre en lumière les qualités qui, dans tous les rangs, dans toutes les situations, doivent faciliter la vie sociale ; la cordialité, la justice dans les sentiments et dans les actes, les obligations et les responsabilités d'autant plus grandes qu'on a été plus favorisé par l'éducation et la fortune.

Le premier conte que je vais vous lire et qui a pour titre : *Le Morceau de Pain*, est un épisode de l'année terrible.

« Le jeune duc de Hardimont se trouvait à Aix en Savoie, où il faisait
« prendre les eaux à sa fameuse jument *Périchole*, devenue poussive depuis
« le « chaud et froid » qu'elle avait attrapé au Derby, et il finissait de
« déjeuner, lorsqu'ayant jeté un regard distrait sur le journal il y lut la
« nouvelle du désastre de Reichshoffen.

« Il vida son verre de chartreuse, posa sa serviette sur la table du restau-
« rant, fit donner à son valet de chambre l'ordre de boucler les malles, prit,
« deux heures après, l'express de Paris, et courut au bureau de recrutement
« s'engager dans un régiment de ligne.

« On a beau avoir mené, de dix-neuf à vingt-cinq ans, l'existence éner-
« vante du petit crevé, — c'était le mot d'alors, — on a beau s'être abruti

« dans les écuries de course et dans les boudoirs de chanteuse d'opérettes,
« il est des circonstances où l'on ne peut oublier qu'Enguerrand de Hardi-
« mont est mort de la peste à Tunis le même jour que saint Louis, que
« Jean de Hardimont a commandé les Grandes Compagnies sous Du
« Guesclin, et que François-Henri de Hardimont a été tué en chargeant à
« Fontenoi avec la Maison-Rouge. Si épuisé qu'il fût par ses scandaleuses
« et imbéciles amours avec Lucy Violette, la prima donna du théâtre des
« Nudités-Parisiennes, le jeune duc, en apprenant qu'une bataille avait été
« perdue par des Français sur le territoire français, sentit le sang lui monter
« au visage et il eut l'horrible impression d'un soufflet.

« C'est pourquoi, dans les premiers jours de novembre 1870, rentré dans
« Paris avec son régiment qui faisait partie du corps de Vinoy, Henri de
« Hardimont, fusilier à « la troisième » du « second » et membre du Jockey,
« était de grand'garde, avec sa compagnie, devant la redoute des Hautes-
« Bruyères, position fortifiée à la hâte que protégeait le canon du fort de
« Bicêtre.

« L'endroit était sinistre : une route plantée de manches à balais et toute
« défoncée de boueuses ornières traversant les champs lépreux de la ban-
« lieue, et, sur le bord de cette route, un cabaret abandonné, un cabaret à
« tonnelles, où les soldats avaient établi leur poste. On s'était battu là peu
« de jours auparavant ; la mitraille avait cassé en deux quelques-uns des
« baliveaux de la route, et tous portaient sur leur écorce les blanches cica-
« trices des coups de feu. Quant à la maison, son aspect faisait frémir ; le
« toit avait été crevé par un obus, et les murs lie de vin semblaient badi-
« geonnés avec du sang. Les tonnelles éventrées sous leurs réseaux de
« brindilles noires, le jeu de tonneau renversé, la balançoire dont le vent
« humide faisait grincer les cordes mouillées et les inscriptions auprès de
« la porte, égratignées par les balles : *Cabinets de société — Absinthe —*
« *Vermouth — Vin à 60 cent. le litre —* qui encadraient un lapin mort, peint
« au-dessus de deux queues de billard liées en croix par un ruban, tout
« rappelait, avec une ironie cruelle, la joie populaire des dimanches d'au-
« trefois. Et, sur tout cela, un vilain ciel d'hiver où roulaient de gros
« nuages couleur de mine de plomb, un ciel bas, colère, haineux.

« A la porte du cabaret, le jeune duc se tenait immobile, son chassepot
« en bandoulière, son képi sur les yeux, ses mains gourdes dans les poches
« de son pantalon rouge et grelottant sous sa peau de mouton. Il s'abandon-
« nait à sa sombre rêverie, ce soldat de la défaite, et il regardait d'un œil
« navré la ligne des coteaux perdus dans la brume, d'où s'échappait à
« chaque instant, avec une détonation, le flocon blanc de la fumée d'un
« canon Krupp.

« Tout à coup, il sentit qu'il avait faim.

« Il mit un genou à terre et tira de son sac, posé près de lui contre le
« mur, un gros morceau de pain de munition ; puis, comme il avait perdu
« son couteau, il mordit à même et mangea lentement.

« Mais après quelques bouchées, il en eut assez ; le pain était dur et avait
« un goût amer. Dire qu'on n'en aurait de frais qu'à la distribution du
« lendemain — si l'intendance le voulait bien, encore. Allons, c'était quel-
« quefois bien rude, le métier ; et ne voilà-t-il pas qu'il se souvenait à
« présent de ce qu'il appelait jadis ses déjeuners hygiéniques, lorsque, le

« lendemain d'un souper un peu trop échauffant, il s'asseyait contre une
« fenêtre du rez-de-chaussée au Café Anglais, qu'il se faisait servir — mon
« Dieu, la moindre des choses ! — une côtelette, des œufs brouillés aux
« pointes d'asperge, et que le sommelier, connaissant ses habitudes, posait
« sur la nappe et débouchait avec précaution une fine bouteille de vieux
« léoville, doucement couchée dans un panier. Fichtre de fichtre ! C'était le
« bon temps tout de même, et il ne s'habituerait pas à ce pain de misère.

« Et, dans un moment d'impatience, le jeune homme jeta le reste de son
« pain dans la boue.

« Au même instant, un lignard sortait du cabaret ; il se baissa, ramassa
« le morceau, s'éloigna de quelques pas, essuya le pain avec sa manche et
« se mit à le dévorer avidement.

« Henri de Hardimont avait déjà honte de son action et considérait avec
« pitié le pauvre diable qui faisait preuve d'un si bon appétit. C'était un
« long et grand garçon, assez mal bâti, avec des yeux de fiévreux et une
« barbe d'hôpital, et d'une maigreur telle que ses omoplates faisaient saillie
« sous le drap de sa capote usée.

« — Tu as donc bien faim, camarade ? — dit-il en s'approchant du soldat.

« — Comme tu vois, — répondit celui-ci, la bouche pleine.

« — Excuse-moi donc. Si j'avais su qu'il pût te faire plaisir, je n'aurais
« pas jeté mon pain.

« — Il n'y a pas de mal, va ! — reprit le soldat. — Je ne suis pas si dégoûté.

« — N'importe, — dit le gentilhomme, — ce que j'ai fait est mal et je me
« le reproche. Mais je ne veux pas que tu emportes une mauvaise opinion
« de moi, et comme j'ai du vieux cognac dans mon bidon... parbleu ! nous
« allons boire la goutte ensemble.

« L'homme avait fini de manger. Le duc et lui burent une gorgée d'eau-
« de-vie ; la connaissance était faite.

« — Et tu t'appelles ? — demanda le lignard.

« — Hardimont. — répondit le duc, en supprimant son titre et sa parti-
« cule. — Et toi ?

« — Jean-Victor... On vient seulement de me verser dans la compagnie...
« Je sors de l'ambulance... j'ai été blessé à Châtillon... Ah ! l'on était bien,
« à l'ambulance, et l'infirmier vous y donnait de bon bouillon de cheval...
« Mais je n'avais qu'une égratignure ; le major m'a signé ma sortie, et, tant
« pis ! on va recommencer à crever de faim... Car, tu me croiras si tu veux,
« camarade, mais, tel que tu me vois, j'ai eu faim toute ma vie.

« Le mot était effrayant, dit à un voluptueux qui s'était surpris tout à
« l'heure à regretter la cuisine du Café Anglais, et le duc de Hardimont
« regarda son compagnon avec un étonnement presque épouvanté. Le soldat
« eut un sourire douloureux qui laissa voir ses dents de loup, ses dents
« d'affamé, si blanches dans sa face terreuse, et comme s'il eût compris
« qu'on attendait de lui une confidence :

« — Tenez, — dit-il, en cessant brusquement de tutoyer son camarade,
« devinant sans doute en lui un heureux et un riche, — tenez, promenons-
« nous un peu de long en large sur la route pour nous réchauffer les pieds,
« et je vous dirai des choses que vous n'avez sans doute jamais entendues...

« Je m'appelle Jean-Victor, Jean-Victor tout court, parce que je suis un
« enfant trouvé, et mon seul bon souvenir, c'est le temps de ma première
« enfance, à l'hospice. Les draps étaient blancs, à nos petits lits, dans le
« dortoir ; on jouait dans un jardin, sous de grands arbres, et il y avait une
« bonne sœur, toute jeune, pâle comme un cierge, — elle s'en allait de la
« poitrine, — dont j'étais le préféré et auprès de qui j'aimais mieux me
« promener que de jouer avec les autres enfants, parce qu'elle m'attirait
« contre sa jupe en posant sur mon front sa main maigre et chaude... Mais
« à douze ans, après la première communion, plus rien que la misère !
« L'administration m'avait mis en apprentissage chez un rempailleur de
« chaises du faubourg Saint-Jacques. Ce n'est pas un métier, vous savez ;
« impossible d'y gagner sa vie, à preuve que, la plupart du temps, le patron
« ne pouvait embaucher comme apprentis que les pauvres petits qui sortent
« des Jeunes-Aveugles. Aussi, c'est là que j'ai commencé à souffrir de la
« faim. Le patron et la patronne — deux vieux Limousins qui sont morts
« assassinés — étaient des avares terribles, et le pain, dont on vous coupait
« un petit morceau à chaque repas, restait sous clef le reste du temps. Et le
« soir donc, au souper, il fallait voir la patronne, avec son bonnet noir,
« quand elle nous servait la soupe en poussant un soupir à chaque coup de
« louche dans la soupière. Les deux autres apprentis, les « Jeunes Aveugles »,
« étaient les moins malheureux ; on ne leur en donnait pas plus qu'à moi,
« mais ils ne voyaient pas du moins le regard de reproche de cette méchante
« femme quand elle me tendait mon assiette... Et voilà le malheur, j'avais
« déjà un gros appétit. Est-ce de ma faute, voyons... J'ai fait là trois ans
« d'apprentissage, avec une fringale continuelle... Trois ans ! On connaît le
« métier en un mois ; mais l'administration ne peut pas tout savoir et ne
« se doute pas qu'on exploite les enfants... Ah ! vous vous étonniez de me
« voir prendre du pain dans la boue ? Allez, j'ai l'habitude ; j'en ai assez
« ramassé des croûtes, dans les ordures, et quand elles étaient trop sèches,
« je les laissais tremper toute la nuit dans ma cuvette... Il y avait quelquefois
« des aubaines aussi, — il faut tout dire, — les morceaux de pain, grignotés
« d'un bout, que les gamins tirent de leurs paniers et jettent sur le trottoir
« en sortant de l'école. Je tâchais de rôder par là, en faisant les courses...
« Et puis, quand l'apprentissage a été fini, ce fut le métier, comme je vous
« le disais, qui ne nourrissait pas son homme. Oh ! j'en ai fait d'autres ;
« j'avais du cœur à l'ouvrage, allez ! J'ai servi les maçons, j'ai été garçon
« de magasin, frotteur, est-ce que je sais ? Bah ! aujourd'hui, l'ouvrage
« manquait ; une autre fois, je perdais ma place... Bref, je ne mangeais
« jamais à ma suffisance... Ah ! tonnerre ! j'en ai eu de ces rages en passant
« devant les boulangeries ! Heureusement pour moi, dans ces moments-là,
« je me suis toujours souvenu de ma bonne sœur de l'hospice qui me
« recommandait si souvent d'être honnête, et j'ai cru sentir sur mon front
« la chaleur de sa petite main... Enfin, à dix-huit ans, je me suis engagé...
« Vous le savez aussi bien que moi, le troupier en a tout juste assez...
« Maintenant — ce serait presque pour en rire — voilà le siège et la famine !...
« Vous voyez que je ne vous ai pas menti, tout à l'heure, quand je vous
« disais que j'avais toujours, toujours eu faim !

*
* *

« Le jeune duc avait bon cœur, et en écoutant cette plainte terrible, dite
« par un homme comme lui, par un soldat que l'uniforme faisait son égal,
« il se sentit profondément ému. Ce fut même heureux pour son flegme de
« dandy que le vent du soir séchât dans ses yeux deux larmes qui venaient
« de les obscurcir.

« — Jean-Victor, — dit-il, en cessant à son tour, par un instinct délicat,
« de tutoyer l'enfant trouvé, — si nous survivons tous deux à cette affreuse
« guerre, nous nous reverrons et j'espère vous être utile. Mais pour le
« moment, comme il n'y a pas d'autre boulanger aux avant-postes que le
« caporal d'ordinaire et comme ma ration de pain est deux fois trop grosse
« pour mon mince appétit, c'est dit, n'est-ce pas ? — nous partagerons
« en bons camarades.

« Elle fut solide et chaude, la poignée de main que se donnèrent les deux
« hommes ; puis, comme la nuit tombait et qu'ils étaient harassés par les
« veilles et les alertes, ils rentrèrent dans la salle du cabaret où une
« douzaine de soldats étaient couchés sur de la paille et, s'y jetant à côté
« l'un de l'autre, ils s'endormirent d'un profond sommeil.

« Vers minuit, Jean-Victor s'éveilla seul, ayant faim probablement. Le
« vent avait balayé les nuages et un rayon de lune, pénétrant dans le
« cabaret par le trou du toit, éclairait la blonde et charmante tête du jeune
« duc, endormi comme un Endymion. Encore tout attendri de la bonté de
« son camarade, Jean-Victor le regardait avec une admiration naïve,
« quand le sergent du peloton ouvrit la porte et appela les cinq hommes
« qui devaient aller relever les sentinelles avancées. Le duc était du
« nombre, mais il ne s'éveilla point à l'appel de son nom.

« — Hardimont, debout ! — répéta le sous-officier.

« — Si vous le voulez bien, mon sergent, — dit Jean-Victor en se levant,
« — je monterai sa faction... Il dort si bien... et c'est mon camarade.

« — Comme tu voudras.

« Et, les cinq hommes partis, les ronflements recommencèrent.

« Mais une demi-heure après, des coups de feu, pressés et tout proches,
« éclatèrent dans la nuit. En un instant tout le monde fut sur pied ; les
« soldats sortirent du cabaret, marchant avec précaution, la main au
« tonnerre du fusil et regardant au loin sur la route, toute blanchie par la
« lune.

« — Mais quelle heure est-il donc ? — dit le duc. — J'étais de faction
« cette nuit.

« Quelqu'un lui répondit :

« — Jean-Victor y est allé à votre place.

« En ce moment, on vit un soldat qui arrivait en courant sur la route.

« — Eh bien ? — lui demanda-t-on, quand il s'arrêta, tout essoufflé.

« — Les Prussiens attaquent... Replions-nous sur la redoute.

« — Et les camarades ?

« — Ils viennent... Il n'y a que ce pauvre Jean-Victor...

« — Comment ? — s'écria le duc.

« — Tué raide d'une balle dans la tête... Il n'a pas dit : ouf !

*
* *

« Une nuit de l'hiver dernier, vers deux heures du matin, le duc de
« Hardimont sortait du cercle avec son voisin, le comte de Saulnes ;
« il venait de perdre quelques centaines de louis et sentait un peu de
« migraine.

« — Si vous le voulez bien, André,   dit-il à son compagnon, — nous
« reviendrons à pied... J'ai besoin de prendre l'air.

« — Comme il vous plaira, cher ami, quoique le pavé soit bien mauvais.

« Ils renvoyèrent donc leurs coupés, relevèrent le collet de leurs pelisses
« et descendirent vers la Madeleine. Tout à coup, le duc fit rouler un objet
« qu'il avait frappé du bout de sa bottine ; c'était un gros croûton de pain
« tout souillé de boue.

« Alors, à sa stupéfaction, M. de Saulnes vit le duc de Hardimont
« ramasser le morceau de pain, l'essuyer soigneusement avec son mouchoir
« armorié et le poser sur un banc du boulevard, dans la lumière d'un bec
« de gaz, bien en évidence.

« — Qu'est-ce que vous faites donc là ? dit le comte en éclatant de rire.

« — Etes-vous fou ?

« — C'est en souvenir d'un pauvre homme qui est mort pour moi, —
« répondit le duc, dont la voix tremblait légèrement...   Ne riez pas, mon
« cher, vous me désobligeriez ! »

Que d'enseignements dans cette histoire si simple ! — Ce qui en
ressort surtout, c'est l'influence bienfaisante du service militaire
obligatoire, sur notre état social, par l'égalité dans le grand devoir
de la défense de la patrie, égalité qui place l'enfant trouvé et le
duc sur un terrain où la confraternité qui naît entre gens portant
le même uniforme, supportant les mêmes fatigues, et courant les
mêmes dangers, prépare la bienveillance sociale.

Ces deux mots sans qu'il y paraisse contiennent peut-être tout
le secret de l'avenir pour l'humanité, la formule d'un état se
rapprochant autant que possible de l'harmonie où les uns auront
compris la sottise de l'orgueil, où les autres plus instruits des lois
naturelles qui président au développement des sociétés, ne se
laisseront plus prendre à d'impossibles chimères, auront abdiqué
leur haine envieuse, où rien n'étant fermé aux laborieux, aux intelligents, toutes les mains se tendront avec sympathie.

Est-ce une illusion du patriotisme? Mais il me semble, Mesdames et Messieurs, que notre France marche plus rapidement vers
cette heureuse solution que toutes les autres nations; il me semble
qu'elle est le pays, où depuis une vingtaine d'années, la bienveillance sociale a fait le plus de progrès. Est-ce à l'établissement
définitif de la République que nous devons cela? ou au service
militaire obligatoire par lequel les rangs de la société étant con-
fondus dans les rangs du régiment, les hommes apprennent que
tous, quels qu'ils soient, ils ont leur côté blâmable et leur côté
estimable, comme nous le montre le conte de M. Coppée.

Il est certain que le gouvernement républicain est plus favorable qu'aucun à cet enseignement; cependant, il faut bien le dire, nous voyons les Républiques de l'antiquité souillées par l'esclavage ; les Républiques italiennes du moyen âge par l'abus de la puissance patricienne ; les Républiques du Nouveau-Monde souillées, elles aussi, jusqu'à ces dernières années par l'esclavage, et conservant encore de nos jours ces haines de race, qui font qu'un homme est rejeté hors de la société, s'il a dans les veines quelques gouttes de sang noir.

La République française, seule, — il faut cependant dire aussi sa voisine et alliée la République helvétique, la Suisse — semblent poursuivre un pur idéal de justice sociale; que certains de leurs penseurs et philosophes placent dans la plus grande égalité possible entre les hommes, méconnaissant ainsi par grandeur d'âme il est vrai, les lois de la nature, auxquelles cependant il est impossible de soustraire l'humanité. Ceci demande explication.

Notre société moderne, en France et ailleurs est le fruit, le résultat de la Révolution française, c'est-à-dire de la révolte de la majorité des hommes contre des inégalités sociales allant jusqu'à l'outrage, en sorte que cette révolution s'est faite moins peut-être pour la conquête de la liberté politique, que pour celle de l'égalité.

Nous avons en France la passion aveugle de l'égalité au point que certaines gens rêvent une humanité où les hommes seraient tous également heureux étant également riches. Rêve généreux à la réalisation duquel tout le monde consentirait. Mais avant de croire à la possibilité de cette réalisation, il convient de rechercher si comme nous venons de le dire, la nature matérielle dont nous subissons forcément les lois inconscientes ne s'oppose pas à la mise en pratique de cette conception ultra généreuse.

Si nous examinons la nature tout entière nous verrons que l'égalité y est inconnue. Dans notre système planétaire, pour ne pas aller plus loin, toutes les planètes sont inégales en grosseur, en pesanteur, leurs jours, leurs années, leurs saisons sont de différente durée; elles ne reçoivent pas la même quantité de chaleur de leur père commun le soleil.

Si nous nous bornons à notre petit monde terrestre, nous y voyons partout l'inégalité ; les montagnes sont différentes en hauteur, les océans en profondeur, les êtres vivants, les plantes, les animaux, sont composés d'espèces différentes; dans la même espèce les sujets sont inégaux en grosseur, en vigueur, de forme, d'intelligence; pour les animaux, nulle part l'égalité. Les hommes eux-mêmes sont différents aussi en vigueur, en intelligence.

Ce que nous remarquons en outre, c'est que tous les êtres vivants obéissent à un instinct auquel les plus intelligents n'échappent pas : le développement de leur individualité.

C'est chez tous une tendance dont rien ne les distrait. Si deux plantes sont trop voisines, celle dont l'individualité est la plus forte, prédomine, tue l'autre et vit à ses dépens; le lierre en développant son individualité étouffe le chêne auquel il s'est accroché.

De même pour les animaux qui mangent tout ce qui convient à leur estomac, herbe ou animal semblable à eux, pour le développement de leur individualité. Il en est absolument ainsi pour l'homme primitif, mais chez lui un fait nouveau se produit : par son intelligence, par sa pensée, il semble appartenir à un monde spécial, mystérieux, qui lui permet d'avoir ce que nous appelons un idéal.

Étant seul il s'est trouvé trop faible pour résister aux chances de destruction qui l'environnent : il a conçu l'association; il s'est réuni à ses semblables ; il a donné au groupe dans l'intérêt de tous une partie de sa force, recevant en échange la protection qui résulte de l'abandon que les autres ont fait aussi d'une partie de leur force. En même temps l'homme a conçu, créé l'idéal *justice* qui n'existait nulle part dans le monde avant lui ; dès lors il s'est placé au-dessus du reste des êtres vivants. Vaguement d'abord, mais plus nettement à mesure que les sociétés humaines se sont développées, cet idéal de justice a engendré la pensée de la protection des faibles non responsables de leur faiblesse.

Mais supposez qu'à l'origine de ces sociétés humaines un esprit chimérique prétendant que la justice est dans l'égalité absolue, fût venu dire : « Nous vivons de la chasse, de la pêche, eh bien ! tout le monde versera sa chasse et sa pêche dans un même fonds commun, où tous puiseront également pour leur besoin particulier et celui de leur famille. »

A coup sûr les laborieux auraient trouvé étrange, injuste d'être obligés de travailler pour les paresseux. Ils n'auraient pas accepté en outre que cet instinct naturel — le développement de leur individualité, et de celle de leur famille, — fût comprimé pour le plus grand bien des paresseux et des incapables, et s'ils y avaient été contraints d'une façon quelconque, le stimulant naturel du travail leur aurait manqué aussitôt. Ils auraient produit aussi peu que possible, et la richesse commune de chasse et de pêche aurait fait défaut au groupe, c'eût été sa mort.

C'est donc sur l'inégalité même que la nature nous impose, sur

l'ambition personnelle qu'elle engendre, qu'est fondée la prospérité du groupe social. Tous égaux en richesse équivaut à dire tous
égaux en paresse et en misère, du reste il est évident que si cette
égalité venait à se produire quelque jour, l'inégalité des forces et
des facultés intellectuelles la détruirait aussitôt pour rendre la vie
naturelle au groupe social, en donnant à chacun la place qu'il
mérite.

Mais il y a une égalité qui est de droit; c'est que tous puissent
acquérir des connaissances, des moyens d'action, développer par
l'instruction leurs facultés naturelles, s'armer pour la production,
pour l'émulation de la vie! C'est là le véritable fonds commun à
la constitution duquel doivent contribuer les mieux doués, les
plus puissants, auquel ils ne doivent pas, ne peuvent pas se soustraire au nom de l'idéal de justice qui est la marque de supériorité
de l'espèce humaine, idéal de justice qui se complète si bien, et
entre dans la pratique journalière par ce que nous avons appelé la
bienveillance sociale, dont M. *Coppée* nous a fourni un si joli
exemple dans ce charmant conte, et dans celui que nous allons
vous lire.

LE CANTONNIER

« Sa Majesté la Reine de Bohême — il y aura toujours un royaume de
« Bohême pour les conteurs — voyage dans l'incognito le plus strict et le
« plus modeste, sous le nom de comtesse des Sept-Châteaux et seulement
« accompagnée de la vieille baronne de Georgenthal, sa dame lectrice, et
« du général Horschowitz, son chevalier d'honneur.

« Malgré les bouillottes et les fourrures, il a fait continuellement froid
« dans le compartiment réservé, et quand la Reine, lasse de son roman
« anglais ou impatientée par le tricot du général — car le général tricote —
« voulait jeter un regard sur la campagne, blanche de neige, elle était
« forcée de frotter un moment avec son mouchoir la vitre du wagon, que la
« gelée couvrait d'étincelants micas et de délicates fougères de glace.
« En vérité, c'est un caprice singulier et bien digne d'une tête de vingt ans
« qu'a eu Sa Majesté de partir pour Paris en plein hiver et d'aller y
« retrouver sa mère, la Reine de Moravie, qui devait la venir voir à Prague
« au printemps prochain. N'importe, il a fallu se mettre en route par dix
« degrés au-dessous de zéro. La baronne a dû secouer ses vieux rhuma-
« tismes ; le général, au désespoir, a laissé là un magnifique couvre-pieds
« qu'il était en train de tricoter pour sa belle-fille, n'emportant, pour
« tromper les ennuis du chemin, que de quoi confectionner une modeste
« paire de bas de laine. Le voyage a été rude ; toute l'Europe est couverte
« de neige et l'on vient d'en traverser la moitié, avec beaucoup de retard et
« de difficultés, sur des chemins de fer dont le service est désorganisé par
« la rigueur de la saison. Enfin le but se rapproche ; ce soir, à neuf heures,

« on a dîné au buffet de Mâcon, et bien que, cette nuit encore, les
« bouillottes soient à peine tièdes et qu'au dehors de gros flocons blancs
« voltigent dans les ténèbres, la baronne et le général, sommeillant sous
« les manteaux fourrés et les couvertures, rêvent, chacun dans leur coin,
« de l'arrivée et du séjour à Paris où la bonne dame pourra satisfaire une
« petite dévotion spéciale, et où le vieux brave se rendra sans retard dans
« un certain magasin de lainages de la rue Saint-Honoré, le seul où il
« puisse rassortir convenablement ses écheveaux verts.

« Quant à la Reine, elle ne dort pas.

« Fiévreuse et frissonnante dans sa grande pelisse de renard bleu, le
« coude dans le capiton et la main crispée parmi le désordre des magnifi-
« ques cheveux couleur de paille qui s'échappent de son coquet talpack de
« voyage, elle songe, les yeux grands ouverts dans la pénombre, écoutant
« machinalement les vagues et lointaines musiques que les oreilles fatiguées
« des voyageurs croient entendre dans le galop de fer des express. Elle
« revit toute son existence par le souvenir, la pauvre jeune Reine, et elle
« songe qu'elle est bien malheureuse.

*
* *

« Elle se revoit d'abord, petite princesse à mains rouges et à taille plate,
« auprès de sa sœur jumelle, celle qu'on a mariée tout là-bas, dans le
« Nord, de sa sœur qu'elle aimait tant et qui lui ressemblait à tel point
« que, lorsqu'elles avaient le même costume, il fallait leur mettre dans les
« cheveux des nœuds de rubans de couleurs différentes pour ne pas les
« confondre. C'était avant que l'émeute eût renversé le trône de ses parents,
« et elle aimait l'atmosphère calme et assoupissante de la petite cour
« d'Olmutz, où l'étiquette était tempérée par la bonhomie ; c'était le temps
« où son père, le bon roi Louis V, qui depuis lors est mort de chagrin en
« exil, l'emmenait à pied, à travers le parc, sans quitter son habit de cour
« et ses plaques, prendre avec sa sœur le café au lait, à quatre heures de
« l'après-midi, dans un pavillon chinois envahi par les liserons et la vigne
« vierge, d'où l'on voyait le cours de la rivière et le lointain amphithéâtre
« des collines rougies par l'automne.

« Puis c'était son mariage et le grand bal de la présentation, en cette
« belle nuit de juillet où l'on entendait monter, par les fenêtres ouvertes, le
« murmure de la foule qui se pressait dans les jardins illuminés. Comme
« elle tremblait, quand on l'avait laissée seule un instant dans la serre avec
« le jeune Roi ! Elle l'aimait pourtant déjà, elle l'avait aimé dès le premier
« regard quand il s'était avancé, l'aigrette blanche au bonnet, si élégant et
« si souple dans son uniforme bleu tout endiamanté, et faisant sonner
« à chaque pas les éperons d'or recourbés de ses petites bottes grises à
« mille plis. Après la première valse, Ottokar lui avait pris le bras et, tout
« en caressant sa longue moustache noire, l'avait conduite dans la serre,
« l'avait fait asseoir sous un grand palmier, puis, se plaçant à côté d'elle et
« lui prenant la main avec la plus noble aisance, lui avait dit en la regar-
« dant dans les yeux : « Princesse, voulez-vous me faire l'honneur de
« devenir ma femme ? » Alors elle avait rougi, baissé le front et répondu
« en comprimant d'une main les battements fous de son cœur : « Oui,
« sire ! » tandis que les violons enragés des Tziganes attaquaient tous

« ensemble la première note de la marche tchèque, ce chant sublime
« d'enthousiasme et de triomphe.

« Hélas ! comme ce bonheur s'était vite envolé ! Six mois d'erreur et
« d'illusion, six mois à peine, et puis un jour, en pleine grossesse, un
« hasard brutal lui apprenait qu'elle était trompée, que le Roi ne l'aimait
« pas, ne l'avait jamais aimée, et que le lendemain même de son mariage il
« avait soupé chez la Gazella, la première danseuse du théâtre de Prague,
« une fille. Et ce n'était pas tout ! Elle avait su alors ce qu'elle était seule à
« ignorer, la vieille liaison d'Ottokar avec la comtesse de Pzibrann dont il
« avait trois enfants, qu'il n'avait jamais quittée au milieu de cent fantai-
« sies, et dont il avait eu l'audace de faire la première dame d'honneur de
« sa femme. L'amour de la Reine fut tué d'un coup, ce frêle et timide
« amour qu'elle n'avait jamais osé avouer à son mari, et qu'elle comparait
« maintenant à cet oiseau privé qu'étant petite fille elle avait étouffé dans
« sa main, fermée brusquement en tressaillant au bruit d'une potiche,
« cassée par une fille de chambre.

« Son fils ! Sans doute, elle avait un fils, et elle l'aimait ; mais, chose
« affreuse ! bien souvent, assise auprès du berceau doré et timbré de la
« couronne royale où dormait son petit Wladislas, la Reine avait senti
« passer dans son cœur comme un courant de glace en regardant cet
« enfant, engendré par un homme qui l'avait atrocement, cyniquement
« outragée. D'ailleurs, elle ne l'avait jamais à elle, à elle toute seule du
« moins. Ce n'était plus comme chez ses bons parents — que, nouvelle
« douleur, une révolution venait de jeter au loin — et tout s'accomplissait,
« dans cette antique et orgueilleuse Cour de Bohème, d'après les lois du
« plus étroit cérémonial. Tout un essaim de duègnes et de nourrices
« sèches, vieilles dames à grands airs et à bonnets montés, s'agitaient
« autour du berceau royal et, lorsque la Reine venait s'informer de son fils
« et l'embrasser, on lui disait avec solennité : « Son Altesse a un peu toussé
« cette nuit... Son Altesse souffre des dents... » Et il lui semblait que les
« haleines glacées de ces femmes soufflait sur son cœur de mère pour le
« glacer et pour l'éteindre.

« Ah ! vraiment, elle n'en pouvait plus, la pauvre Reine, et la vie était
« trop mauvaise. Aussi, parfois, succombant de chagrin et d'ennui, elle
« obtenait du Roi licence d'aller voir la Reine de Moravie, réfugiée en
« France ; elle se sauvait, elle s'évadait comme d'une prison — seule, car
« la tradition s'opposait à ce que le prince héritier voyageât sans son
« père — et elle courait pleurer toutes ses larmes, les deux bras jetés au
« cou de sa mère en cheveux gris.

« Cette fois-ci, elle était partie subitement, sans demander la permission,
« et après un rapide baiser sur le front de Wladislas endormi ; car elle
« était comme folle de dégoût et de honte. La débauche du Roi devenait
« chaque jour plus publique ; il avait maintenant des ménages et des
« familles dans toutes les villes de la Bohême, dans tous ses rendez-vous
« de chasse. C'était partout une risée, et l'on chantait dans les rues de
« Prague des couplets satiriques où l'on se demandait ce que deviendrait
« cette race illégitime et si, comme jadis Auguste le Fort, Ottokar ne ferait
« pas de tous ses bâtards un escadron de gardes d'honneur. Pour subvenir
« aux frais d'un tel pullulement, le roi faisait argent de tout, épuisait et

« endettait l'Etat. Le commerce des décorations était particulièrement
« scandaleux, et l'on citait un tailleur de Vienne qui avait fait fortune, en
« vendant pour cinq cents florins, aux amateurs de croix étrangères, des
« habits noirs dans la poche et à la boutonnière desquels on trouvait le
« brevet et le ruban de l'ordre le plus illustre de la Bohême, d'un ordre
« militaire qui date de la guerre de Trente Ans.

**

« Mais quoi donc ? Depuis un moment, le train ralentit sa marche ;
« il s'arrête. Que signifie cette halte en rase campagne, en pleine nuit ?
« Le général et la baronne se sont éveillés, très inquiets, et le chevalier
« d'honneur, ayant baissé la glace, se penche dans le noir hors de la
« portière ; et voilà que la lanterne du chef de train, qui courait dans la
« neige le long des voitures, s'arrête, s'élève et éclaire tout à coup les
« moustaches blanches de chat en colère et le bonnet de loutre du général.
« — Qu'y a-t-il ? Pourquoi cet arrêt ? — demande le vieil Horschowitz.
« — Il y a, monsieur, que nous voilà en détresse pour une heure au
« moins... Deux pieds de neige ! Plus moyen d'avancer !... Les Parisiens
« se passeront demain de café au lait.
« — Comment ? Une heure à rester ici, par ce temps !... Vous savez, les
« bouillottes sont froides...
« — Que voulez-vous, monsieur ?... On vient de télégraphier à Tonnerre
« pour avoir une équipe de balayeurs... Mais, je vous le répète, il y en a au
« moins pour une heure.
« Et l'homme s'éloigne, avec sa lanterne, du côté de la locomotive.
« — Mais c'est abominable ! mais Votre Majesté va prendre un rhume !
« — glapit la baronne.
« — En effet, j'ai froid ! — dit la Reine en frissonnant.
« Le général comprend que c'est le moment d'être héroïque ; il saute sur
« la voie, enfonce dans la neige jusqu'aux genoux et rattrape l'homme à la
« lanterne. Il lui parle à mi-voix.
« — Mais, quand ce serait le Grand Mogol, je n'y pourrais rien ! —
« répond l'employé. — Cependant, nous sommes devant une maison de
« cantonnier ; il doit avoir du feu chez lui... et si cette dame veut
« descendre ?... Eh ! Sabatier ?...
« Une seconde lanterne s'approche.
« — Allez donc voir si le cantonnier a du feu dans sa maison.
« Fort heureusement, il en a. Le général est plus heureux que s'il avait
« gagné une bataille ou terminé la dernière bande de tricot de son fameux
« couvre-pieds. Il revient au compartiment de la Reine, fait part du
« résultat de ses démarches et, un instant après, les trois voyageurs, tapant
« des pieds pour faire tomber la neige accumulée sous leurs chaussures,
« sont dans la salle basse de la maisonnette où le cantonnier, qui vient de
« les introduire et qui a gardé sa peau de bique, s'agenouille devant la
« cheminée et jette du bois mort sur les landiers.

**

« La Reine, assise devant la flamme joyeuse, a rejeté sa pelisse sur le
« dossier de sa chaise de paille ; elle a ôté ses longs gants de Suède pour se
« chauffer les mains, et elle regarde autour d'elle.

« C'est une chambre de paysan. On marche sur l'aire sèche et raboteuse ;
« des bottes d'oignons pendent aux poutres enfumées ; il y a un vieux fusil
« de braconnier sur deux clous au-dessus de la cheminée, et quelques
« assiettes à fleurs sur le buffet. Le général a fait la grimace tout à l'heure
« en apercevant, piquées au mur par des épingles, deux images d'Epinal :
« le portrait de M. Thiers orné du grand cordon de la Légion d'honneur, et
« celui de Garibaldi en chemise rouge. Mais ce qui attire l'attention de la
« jeune Reine, c'est, auprès du grand lit et demi-caché par les rideaux de
« cotonnade rayée, un berceau d'osier d'où vient de sortir le geignement
« d'un enfant qui s'éveille.

« Bien vite, le cantonnier a laissé son feu et est allé vers le berceau, et
« voilà qu'il le balance doucement.

« — Fais dodo, ma cocotte, fais dodo ! c'est rien, c'est des amis à papa.

« Il a l'air d'un bon père, l'homme à la peau de bique, avec son crâne
« chauve de saint Pierre, sa moustache rude d'ancien soldat et ses deux
« grandes rides tristes dans les joues.

« — C'est votre petite fille ? — lui demanda la Reine avec intérêt.

« — Oui, madame, c'est ma Cécile... Elle aura trois ans le mois prochain.

« — Mais... sa mère ?... — interroge Sa Majesté avec hésitation, et,
« comme l'homme secoue la tête : — Vous êtes veuf ?

« Mais il fait un nouveau signe de dénégation. Alors la Reine, tout émue,
« se lève, s'approche du berceau et regarde Cécile, qui s'est rendormie en
« serrant tendrement sur son cœur un petit caniche de carton.

« — Pauvre enfant ! — murmure-t-elle.

« — N'est-ce pas, madame, — dit alors le cantonnier d'une voix sourde,
« — n'est-ce pas qu'il faut qu'une mère ait bien peu de cœur pour aban-
« donner sa fille à cet âge-là ? Qu'elle m'ait quitté, moi, après tout, c'est de
« ma faute... J'avais eu tort d'épouser une femme trop jeune pour moi, tort
« de la laisser aller à la ville où elle a fait de mauvaises connaissances...
« Mais abandonner cet amour !... N'est-ce pas que c'est une infamie ?...
« Enfin, il faudra bien que je l'élève à moi tout seul, le pauvre chiffon !...
« C'est difficile, allez, à cause du service... Le soir, je suis souvent forcé de
« la laisser là, criant et pleurant, quand j'entends siffler le train... Mais
« dans la journée, par exemple, je l'emporte avec moi, et elle est déjà bien
« aguerrie, la mignonne, elle n'a plus peur du chemin de fer... Tenez, hier,
« je la tenais sur mon bras gauche tandis que de la main droite je
« présentais mon fanion. Eh bien, elle n'a pas seulement tressailli au
« passage du *rapide*... Ce qui m'embarrasse le plus, voyez-vous, c'est de lui
« coudre ses robes et ses bonnets. Heureusement qu'on a été caporal aux
« zouaves, dans le temps, et qu'on connaît un peu le fil et les aiguilles.

« — Mais, mon pauvre homme, — reprend la Reine, — c'est une tâche
« bien difficile... Ecoutez, je désire vous aider... Il doit y avoir un village
« aux environs, et, dans ce village, des braves gens qui se chargeront de
« garder votre petite fille... Si ce n'est qu'une question d'argent...

« Mais le cantonnier hocha encore la tête.

« — Non, ma bonne dame, non. Je ne suis pas fier et j'accepterai de bon

« cœur tout ce qu'on voudra bien faire pour Cécile... mais je ne m'en sépa-
« rerai jamais, non, pas même une heure !

« — Mais pourquoi ?

« — Pourquoi ? — répond l'homme d'une voix sombre. — Parce que je
« ne me fie qu'à moi pour faire de cette enfant ce que n'a pas été sa mère...
« une honnête femme ! Mais, pardon, auriez-vous l'obligeance de bercer
« un peu Cécile ?... On a besoin de moi sur la voie.

.·.

« Saura-t-on jamais à quoi pensait la jeune Reine de Bohême, dans cette
« nuit d'hiver où elle a bercé pendant une heure l'enfant d'un pauvre
« cantonnier, tandis que le général et la baronne, dont elle avait refusé
« l'assistance, faisaient le gros dos devant le feu ? Quand le chef de train a
« ouvert la porte et a crié : « Allons, messieurs et dames, l'express va
« repartir... en voiture ! » la Reine a déposé sur le berceau de la petite
« Cécile son porte-monnaie gonflé d'or et le bouquet de violettes de sa
« ceinture, et elle est remontée en wagon.

« Mais Sa Majesté n'a passé que deux jours à Paris ; elle est tout de suite
« revenue à Prague, d'où elle ne s'absente presque plus, et où elle se consacre
« tout entière à l'éducation de son fils. Les gouvernantes à trente quartiers
« qui jetaient sur l'enfance du prince-héritier l'ombre de leurs bonnets
« funèbres, n'ont plus que des sinécures. S'il y a encore des rois en Europe
« quand le petit Wladislas aura grandi, il sera ce que n'a pas été son père,
« un bon roi. A cinq ans, il est déjà très populaire, et lorsqu'il voyage avec
« sa mère sur ces bons chemins de fer de Bohême qui vont comme des
« fiacres, et qu'il aperçoit par la portière du wagon-salon un cantonnier
« portant un bambin sur son bras et présentant de l'autre son petit drapeau,
« le royal enfant, à qui sa mère fait un signe, lui envoie toujours un baiser. »

Dans ce nouveau conte, Mesdames et Messieurs, l'écrivain nous
donne non seulement encore un exemple de bienveillance sociale,
mais il nous montre aussi comment les plus puissants peuvent
recevoir de grandes et utiles leçons des plus humbles.

Echange de services sociaux, bienveillance sociale d'un nouveau
genre non moins féconde, non moins bienfaisante.

Cette jeune reine d'un pays imaginaire, outrée de l'abandon dans
lequel la laisse son mari, oublie ses devoirs de mère, elle abandonne son fils aux soins de mains étrangères, et le hasard la
conduit dans la cabane d'un pauvre cantonnier pour y recevoir
une leçon dont elle profite.

Le cantonnier aussi a été trahi et abandonné mais il trouve que
c'est une raison pour s'attacher plus étroitement à son devoir de
père.

*Votre mari est un mauvais roi, Madame, faites de votre fils un
bon roi, et pour cela ne laissez à personne autre que vous, le soin de
son éducation.*

Voilà ce que sans s'en douter ce brave homme enseigne à cette reine.

Nous allons maintenant vous lire du même auteur, dont le vers est particulièrement harmonieux et pur, une poésie qui a pour titre: *Un Fils*. Elle honore une bien grande qualité. la résignation, quand le devoir lèse l'intérêt personnel.

Il s'agit d'un fils qui sacrifie son avenir au bien-être des derniers jours de sa mère.

UN FILS

« Quand ils vinrent louer deux chambres au cinquième,
« Le portier d'un coup d'œil plein d'un mépris suprême,
« Comprit tout et conclut — « c'est des petites gens. »
« Le garçonnet avec ses yeux intelligents,
« Etait gai..... ....
....

ÉCOLE de RÉFORME des JEUNES DÉTENUS

PRISON CHAVE

LECTURE-CONFERENCE du 18 Mars 1899

Par Mme B. MUSELIER

ÉCOLE DE RÉFORME DES JEUNES DÉTENUS

PRISON CHAVE

LECTURE-CONFÉRENCE du 18 Mars 1899

Mes Jeunes Amis,

En commençant les lectures que j'ai déjà eu le plaisir de vous
faire, je me suis attachée à vous expliquer ce que vous êtes, ce
qu'est l'homme dans la nature, je vous ai montré comment il était
supérieur aux animaux; je vous ai dit que c'était parce que Dieu
le créateur de toutes choses, en avait fait sa créature de prédi-
lection, comme son enfant mieux aimé, qu'il lui avait donné un
fragment de sa nature spirituelle, un souffle mystérieux, l'âme, la
pensée, cette chose qui ne se voit pas, ne se touche pas, comme
Dieu lui-même, mais que chacun sent exister en dedans de soi.
Remarquez-le bien cependant, je ne vous ai pas dit que vous aviez
acquis par là et forcément, des qualités divines, non certes, cette
âme, cette intelligence n'est chez vous qu'un moyen, qu'une force,
pour diriger vos actions; avec elle Dieu vous a donné la liberté de
faire bien ou mal, pour vous laisser le mérite, mais aussi la
volonté pour diriger votre choix.

Qu'est-ce que bien ou mal faire, me direz-vous ?

Il est difficile, mes enfants, de vous répondre avec quelque
détail en vous énumérant la suite des actes bons ou mauvais que
vous pouvez accomplir; mais en règle générale bien faire c'est
accomplir ce que l'on doit à ses associés dans la vie. Mal faire
c'est nuire à ses associés, à ses semblables, et croyez-le bien,
quoique par une fâcheuse illusion, par une inintelligente
erreur, ce soit le contraire qui semble quelquefois vrai, bien
faire c'est travailler aussi à son propre intérêt, mal faire c'est se
nuire à soi-même.

Mais si vous avez la liberté, la possibilité de choisir entre ces
deux voies, vous êtes responsables de votre choix, envers vos

semblables aujourd'hui, envers Dieu plus tard, qui vous demandera compte de l'emploi des dons qu'il vous a faits.

C'est donc une grave question de bien choisir, mes jeunes amis, et pour être en état de le faire, pour distinguer aisément entre le bien et le mal, il faut développer le germe spirituel que Dieu a mis en vous, votre pensée, votre intelligence, il faut vous instruire.

Donc pour vous, enfants, s'instruire est un premier devoir auquel vous ne sauriez vous soustraire, sans que cela ait de terribles conséquences pour votre avenir.

Mais est-il toujours possible de s'instruire quand on le veut? Oui. Aujourd'hui cela est toujours possible : des écoles sont ouvertes partout, et vous n'avez pour y pénétrer gratuitement qu'à le vouloir; mais il faut le *vouloir*, le *vouloir* avec énergie: c'est dans cette volonté que va se manifester le sentiment que vous avez de votre responsabilité, c'est par elle que vous ferez dans la vie votre premier acte sérieux, que vous montrerez que vous êtes des hommes, c'est-à-dire des êtres supérieurs aux autres animaux. Entrez donc à l'école qui s'ouvre devant vous ; mais vous hésitez? Que regardez-vous? — Oui! certainement! il fait très beau, le ciel est pur, de jolis nuages blancs courent sur le fond bleu, le soleil dore toutes choses, les arbres offrent leurs ombrages ; les fleurs émaillent, embaument la prairie ; quelle joie de courir libre dans cette nature souriante! Comment un pareil jour s'enfermer dans une salle d'école, pour écouter avec attention le professeur qui parle, forcer son intelligence à le comprendre, oublier tout ce qui dehors est gai, attrayant, la tête dans les mains chercher avec effort à pénétrer ce que contiennent les pages noires d'un livre! cependant vous vous dirigez à pas lents vers l'école, la porte entr'ouverte vous montre en noir l'obscur passage qui conduit à la salle d'études ; à votre gauche c'est la lumière, c'est la liberté, entre deux haies d'aubépines fleuries, c'est la clef des champs. Vous êtes libre de choisir car Dieu vous a donné la liberté. Alors direz-vous, comment résister à cette tentation, comment s'enfermer quand il fait si beau dehors ?

Mais prenez-y garde, Dieu vous a donné aussi la *volonté* pour résister à la tentation, seulement il faut s'en servir, il faut *vouloir*.

Allons! courage enfant! soyez homme, c'est un grand acte que vous allez accomplir de vous astreindre par le fait de cette volonté, au travail difficile en négligeant le plaisir. Cet acte décidera peut-être de votre vie tout entière ; après lui vous aurez formé votre esprit à l'obéissance, vous lui aurez donné peut-être le goût du devoir. Mais, non! je le vois, vous ne *voulez* pas, vous ne savez pas *vouloir*. Hélas! vous tournez le dos à l'école! vous courez aux champs, et vous entrainez quelques-uns de vos compagnons que votre exemple gagne, et par là vous n'avez pas commis une faute, vous en avez commis plusieurs à la fois; et tous vous vous élancez, vous courez, malheureux enfants! vers ce que vous croyez être la liberté.

Mais que vois-je bondissant à vos côtés, vous précédant et revenant en arrière pour vous précéder encore? Quels sont ces compagnons dont la joie a quelque rapport avec la vôtre, ce sont des amis à vous, *des chiens;* ils aiment à vagabonder eux aussi, ils obéissent à leur instinct, ils n'ont pas autre chose à faire en ce monde. Vous, en ne résistant pas au vôtre, vous descendez à leur niveau, vous n'êtes plus des hommes, vous êtes devenus des animaux.

Que va-t-il arriver? l'air frais, la course précipitée vous grisent. la faim, la soif vous tourmentent, un verger se présente, des fruits mûrs pendent aux arbres, qu'allez-vous faire? Votre volonté va-t-elle vous amener à résister à la tentation? Direz-vous: ces fruits dont j'ai envie sont le produit du travail d'un autre, je n'ai pas le droit de m'en emparer? ou bien n'écoutant que votre instinct y porterez-vous la main? Si vous le faites, vous aurez descendu d'un pas de plus la pente qui vous rapproche des animaux. vous serez devenus des bêtes malfaisantes.

Cette liberté après laquelle vous courriez en vagabondant, en faisant l'école buissonnière, vous la perdrez malheureux enfants. que dis-je! vous l'avez perdue, car il faut rendre compte de vos actes à la société dont vous faites partie. et dont la base est le respect mutuel des droits de chacun.

Retournez donc sur vos pas, mes chers enfants, et quand la porte de l'école se présentera encore devant vous, entrez-y résolument, sans regarder à droite, ni à gauche ce qui peut vous tenter. car dans la volonté de bien faire, dans le travail. est pour vous le salut non seulement dans le présent, mais encore dans l'avenir.

Ne sentez-vous donc pas en vous-même une voix qui murmure à votre cœur, à votre intelligence qu'il est beau d'acquérir une supériorité, que l'ignorance vous tiendra totalement dans les rangs inférieurs de l'espèce humaine, qu'en s'instruisant on ne meuble pas seulement son intelligence, mais qu'on fortifie aussi son âme, qu'on développe les grands, les nobles sentiments, et qui mieux est qu'il n'est pas nécessaire d'attendre d'être un homme, pour mettre à jour ces sentiments élevés qu'on peut, dès que l'occasion s'en présente, quoique enfant, les mettre en pratique et acquérir ainsi une supériorité enviable et méritée.

Je vais vous le prouver, mes jeunes amis, en vous lisant deux histoires ou vous verrez des enfants se distinguer par le courage, l'abnégation, à un point que des hommes faits n'atteignent pas souvent.

Mon premier récit a pour titre :

VALEUR CIVIQUE

« A midi nous étions avec notre professeur devant la préfecture pour
« voir donner la médaille de la valeur civique à un enfant qui avait sauvé
« un de ses camarades qui se noyait dans le Pô.

« Un grand drapeau tricolore flottait au balcon de la façade.

« Nous entrâmes dans la cour.

« Il y avait déjà beaucoup de monde. On voyait au fond une table
« couverte d'un tapis rouge où s'amoncelaient des papiers, puis une file de
« fauteuils dorés, pour le maire et les conseillers municipaux. A droite de
« la cour était rangé un peloton de la garde civique où figuraient plusieurs
« hommes médaillés ; d'un autre côté se trouvaient les pompiers en grand
« uniforme, et des soldats de toutes armes venus là par curiosité. Il y avait
« des messieurs, des paysans, des officiers, des dames et des enfants.
« Nous nous mîmes dans un coin où il y avait déjà beaucoup d'élèves
« d'autres sections avec leurs professeurs, et non loin de nous se trouvaient
« des enfants de dix à douze ans qui riaient et parlaient fort, c'étaient des
« écoliers du Faubourg-Pô, amis ou camarades du petit héros qui devait
« recevoir la médaille. A toutes les fenêtres donnant sur la cour étaient
« accoudés des employés de la préfecture. La terrasse de la bibliothèque se
« trouvait également pleine de monde et du côté opposé au-dessus, de la
« porte d'entrée étaient nichées un grand nombre de filles des écoles
« publiques. On aurait dit un théâtre avec toutes ses loges et son parterre
« encombré. On parlait joyeusement, regardant de temps à autre du côté
« de la table pour voir si personne n'apparaissait ; la musique jouait
« doucement au fond du portique ; et sur le haut des murs le soleil brillait.

« Tout à coup on entendit des applaudissements partir de la cour, de la
« terrasse et des fenêtres.

« Je me soulevai sur la pointe des pieds pour mieux voir.

« La foule qui était devant la table rouge s'était ouverte livrant passage
« à un homme et à une femme. L'homme tenait un enfant par la main.

« Cet enfant était celui qui avait sauvé son camarade.

« L'homme était son père. Un maçon, habillé comme aux jours de fêtes ;
« la femme, sa mère, petite et blonde, portait une robe noire ; l'enfant,
« blond et petit, lui aussi, avait une jaquette grise.

« En voyant tant de monde, en entendant tous ces applaudissements, ils
« restèrent interdits tous les trois, sans oser ni regarder ni se mouvoir. Un
« huissier de la ville les poussa près de la table, à droite.

« On resta silencieux un moment, puis les bravos reprirent de plus belle.
« Le garçon regardait les fenêtres, tenant son chapeau à la main. Il me
« sembla qu'il ressemblait un peu à Coretti. Son père et sa mère tenaient
« les yeux fixés sur la table.

« Cependant les enfants du Faubourg-Pô, qui se trouvaient près de nous,
« s'avancèrent, faisant des signes à leur camarade pour se faire voir,
« l'appelant à voix basse.

« — Pin ! Pin ! Pinot !

« A force de l'appeler ils se firent entendre, le garçon les regarda et se
« mit à sourire derrière son chapeau qu'il tenait à la main.

« A ce moment, les gardes municipales firent le mouvement du *Garde à
« vous*. Le maire entra, accompagné de plusieurs messieurs, il se mit
« debout devant la table, son écharpe tricolore à la ceinture, les autres
« messieurs se rangèrent autour de lui.

« La musique cessa de jouer, le maire fit un geste, tout le monde se tut.

« Il commença à parler. Je n'entendis pas bien les premières phrases,
« mais je compris qu'il racontait le courage de l'enfant.

« Peu à peu la voix s'éleva et se répandit claire et sonore dans toute la
« cour, de façon que je ne perdis pas un mot :

« ... Lorsqu'il vit de la rive son camarade qui se débattait dans le
« fleuve, déjà aux prises avec la mort, il arracha ses vêtements et accourut
« sans hésiter un moment. On lui cria : « Tu vas te noyer ! »

« Il ne répondit pas. On voulut l'arrêter : il repoussa ses amis, on
« l'appela : il était déjà dans l'eau. Le fleuve était houleux, le danger
« terrible, même pour un homme.

« Mais il s'élança contre la mort de toute la force de son petit corps et de
« son grand cœur.

« Il rejoignit et saisit à temps le malheureux qui était déjà sous l'eau, il
« l'éleva au-dessus et lutta furieusement contre le courant qui voulait
« l'entraîner, tandis que son camarade tentait de l'enlacer. Plus d'une fois
« il disparut, et il revint à la surface par un effort désespéré. Obstiné,
« invincible dans sa noble entreprise — non comme un enfant qui veut
« sauver un autre enfant, mais comme un homme, comme un père sauvant
« son fils qui est son espérance et sa vie ! — Enfin, Dieu permit qu'une
« prouesse si généreuse ne fut pas inutile, le petit nageur arracha la
« victime au fleuve géant et le rapporta à terre.

« Il lui prodigua encore, avec d'autres, les premiers soins. Puis il s'en
« retourna chez lui, seul et tranquille, raconter ingénûment ce qu'il avait
« fait.

« Messieurs ! L'héroïsme de l'homme est beau et vénérable ; mais dans
« l'enfant, où aucune visée d'ambition ou d'intérêt n'est encore possible,
« dans l'enfant qui doit déployer d'autant plus d'audace qu'il a moins de
« force, dans l'enfant — à qui nous ne demandons rien, qui n'est tenu à
« rien, et que nous trouvons suffisamment noble et aimable, quand seule-
« ment il comprend, sans en être capable, le sacrifice d'autrui,   dans
« l'enfant, dis-je, l'héroïsme est divin ! Je n'ajouterai rien, messieurs, je ne
« veux pas décorer de louanges superflues une si simple grandeur. Le voilà
« devant vous ce noble et vaillant soldat.

« Soldats, saluez-le comme un frère. Mères, bénissez-le comme un fils !

« Enfants, souvenez-vous de son nom, imprimez son visage dans votre
« mémoire et dans votre cœur.

« Approche, mon garçon, au nom du roi, je te donne la médaille de la
« valeur civique.

« Un bravo formidable, poussé par mille bouches, ébranla les airs.

« Le maire prit la médaille sur la table et l'attacha à la poitrine de
« l'enfant. Puis il l'embrassa à plusieurs reprises.

« La mère porta la main à ses yeux, le père baissait la tête. Après avoir
« serré la main de ces heureux parents, le maire prit le décret de la
« décoration, noué par un ruban et le tendit à la femme. Se tournant
« ensuite vers le garçon :

« Que le souvenir de ce jour si glorieux pour toi, si doux pour ton père
« et ta mère, te maintienne pour toute ta vie sur le chemin de la vertu et de
« l'honneur. Adieu Pinot !

« Le maire sortit, la musique se mit à jouer, et tout semblait fini,
« lorsque le détachement des pompiers s'ouvrit, livrant passage à un
« enfant de huit à neuf ans, qui s'élança vers le héros de la fête et tomba
« dans ses bras.

« Des applaudissements et des cris firent de nouveau résonner la cour,
« on avait compris que c'était l'enfant sauvé du fleuve qui venait remercier
« son sauveur. Après l'avoir embrassé, l'enfant prit le bras du petit Pinot
« pour l'accompagner. Tous deux marchaient devant suivis par le père et
« la mère, se frayant un chemin entre la haie humaine pressée pour les
« voir et les saluer. Ceux qui se trouvaient le plus près de l'enfant lui
« tendaient la main, et lorsqu'il passa devant les écoliers, ceux-ci agitèrent
« en l'air leur béret. Les camarades du Faubourg-Pô firent au petit héros
« une véritable ovation, le tirant par le bras ou la jaquette en criant :

« Vive Pinot ! bravo Pinot !

« Je vis Pinot passer tout près de moi, le visage enflammé par la joie,
« la médaille attachée par le ruban tricolore. Sa mère riait et pleurait à la
« fois ; d'une main émue et tremblante, comme s'il avait la fièvre, le père
« se tortillait la moustache.

« D'en haut, aux fenêtres et aux balcons on se penchait et on applau-
« dissait. Tout à coup, au moment où les Pinot allaient passer sous le
« portique de la préfecture, il tomba sur eux, du balcon où se tenaient les
« filles des écoles, une véritable pluie de fleurs, des bouquets de pensées,
« de violettes et de marguerites, qui s'éparpillèrent sur la tête de l'enfant,
« du père et de la mère, avant de tomber à terre. On se mit vite à recueillir
« les fleurs et on les tendit à la mère... et la musique continuait à jouer
« un air admirable, qui semblait le chant de voix argentines, emportées au
« loin par le courant d'un fleuve. »

Voici maintenant le *Jeune Ecrivain*, dont vous admirerez sans aucun doute, le courage, le dévouement et l'amour filial.

LE JEUNE ÉCRIVAIN

« Il faisait partie de la *quatrième* élémentaire. C'était un gracieux enfant
« de douze ans, aux cheveux noirs, au teint blanc, fils ainé d'un employé
« du chemin de fer qui, avec une nombreuse famille, n'ayant que de maigres
« salaires, vivait très étroitement. Son père le chérissait et se montrait
« envers lui bon et indulgent. Indulgent en tout, excepté en ce qui touchait
« à l'étude. Là-dessus, il était exigeant et sévère, parce que ce fils ainé, pour
« aider la famille, devait se mettre en état d'obtenir le plus tôt possible un
« emploi. Et, pour le mériter vite, il fallait travailler beaucoup en peu de
« temps.

« Bien que l'enfant s'appliquât, son père le poussait toujours à l'étude. Le
« père était âgé, mais un travail excessif le faisait encore paraitre plus vieux
« qu'il ne l'était en réalité. Néanmoins, pour pourvoir aux besoins de sa
« famille, outre le labeur absorbant que lui imposait son emploi, il prenait
« çà et là des copies à faire et passait une bonne partie de la nuit à
« l'ouvrage.

« En dernier lieu, il avait accepté d'un éditeur, qui publiait des journaux
« et des livraisons, la tâche d'écrire sur les bandes le nom et l'adresse des
« abonnés. Il gagnait trois francs pour cinq cents adresses, écrites d'une
« main large et régulière. Mais ce travail le fatiguait et il se plaignait
« souvent le soir à dîner. — Mes yeux s'en vont, disait-il, ce travail
« nocturne m'achève.

« L'enfant lui dit un jour : — Papa laisse-moi te remplacer, tu sais que
« j'écris tout à fait comme toi...

« — Non, mon enfant, tu dois étudier, lui répondit le père, ton école est
« une chose beaucoup plus importante que mes bandes. J'aurais remords
« de te voler une heure. Je te remercie, mais je ne veux point...

« L'enfant savait que son père était inflexible à ce sujet, il n'insista pas.
« Mais voici ce qu'il fit : il savait qu'à minuit son père finissait d'écrire et
« sortait de son cabinet pour aller dans la chambre à coucher.

« Bien souvent il avait entendu, après les douze coups sonnés à la
« pendule, la chaise de son père remise en place, puis son pas lent se
« dirigeant vers la chambre.

« Une nuit, il attendit qu'il fût couché, puis il se leva, s'habilla en silence
« alla à tâtons dans le cabinet, ralluma la lampe, s'assit devant le bureau
« où se trouvait un monceau de bandes blanches et la liste des adresses, et
« il se mit à écrire, imitant exactement l'écriture de son père. Il écrivait
« avec entrain, content, mais non sans une certaine inquiétude...

« Et les bandes s'amoncelaient... De temps en temps, il abandonnait la
« plume pour se frotter les mains, puis recommençait avec plus d'entrain,
« tendant l'oreille et souriant. Il écrivit cent soixante adresses.

« Un franc de gagné alors, il s'arrêta, remit la plume où il l'avait prise,
« éteignit la lampe et regagna son lit sur la pointe du pied.

« Ce jour-là, à midi, le père s'assit à table de meilleure humeur. Il ne
« s'était aperçu de rien. Il faisait ce travail mécaniquement, en pensant à
« autre chose, et il ne comptait les bandes que le lendemain matin. Il s'assit
« donc gaiement, et, posant sa main sur l'épaule de son fils : — Eh ! Jules,
« dit-il. Ton père travaille encore mieux que tu ne croyais ! En deux heures,
« j'ai fait hier un bon tiers d'ouvrage de plus que les autres soirs, la main
« est encore leste, et les yeux font encore leur devoir.

« Jules, tout content, se disait en lui-même :

« — Pauvre papa, outre le gain, je lui procure encore la satisfaction de
« se croire rajeuni. Courage donc !

« Encouragé par son succès, la nuit suivante, à minuit sonnant, Jules se
« leva encore pour travailler. Il fit cela pendant plusieurs nuits. Son père
« ne s'en doutait pas. Seulement, une fois à dîner, il s'écria tout à coup :
« C'est curieux ce qu'on use de pétrole ici depuis quelque temps ! Jules
« tressaillit. Mais cela n'alla pas plus loin, et l'enfant continua son travail
« nocturne.

« Cependant, à veiller ainsi toutes les nuits, il ne reposait pas assez. Le
« matin il se levait fatigué, et le soir, en faisant ses devoirs, ses yeux se
« fermaient malgré lui.

« Un soir — pour la première fois de sa vie — il s'endormit sur son
« cahier.

« — Courage, courage ! lui cria son père en battant des mains, au travail !

« Jules se secoua et se remit à la besogne. Mais le jour suivant ce fut la
« même chose et le temps ne fit qu'empirer cet état de lassitude. Il
« sommeillait sur ses livres, se levait plus tard que de coutume, étudiait
« ses leçons à la hâte, et paraissait dégoûté de l'étude. Son père commença
« à lui faire quelques observations, puis en vint aux reproches, les premiers
« qu'il eût adressés à son fils.

« — Jules, lui dit-il un matin, tu changes énormément, tu n'es plus ce
« que tu étais autrefois. Ce n'est pas bien, cela. Souviens-toi que toutes les
« espérances de la famille reposent sur ton avenir. Je suis mécontent, je te
« l'avoue.

« A ces mots, l'enfant se troubla et se dit en lui-même : — Oui, c'est vrai,
« cela ne peut continuer ainsi, il faut que cette supercherie finisse.

« Mais, le soir de ce même jour, le père avoua avec beaucoup de plaisir
« qu'il avait gagné à faire ses bandes trente-deux francs de plus que le
« mois précédent. Et, disant cela, il sortit de sa poche un cornet de bonbons
« qu'il avait acheté pour fêter avec ses enfants ce supplément de salaire.
« Les enfants accueillirent les bonbons par des cris joyeux et des battements
« de mains. Jules reprit courage à cette vue et se dit :

« — Non, pauvre papa, non, je ne cesserai pas de te tromper, je ferai de
« plus grands efforts, j'étudierai beaucoup dans la journée, et je continuerai
« à travailler la nuit pour toi et pour les petits...

« Le père ajouta : — Trente-deux francs de plus ! Je suis très content !
« malheureusement celui-là — et il indiqua Jules du doigt — me donne
« beaucoup de tourment.

« Jules subit les reproches, refoula deux grosses larmes prêtes à tomber
« de ses yeux. Pourtant son cœur était pénétré d'une bien douce joie.

« Il continua à travailler de toutes ses forces. Mais la fatigue s'ajoutant à

« la fatigue, il lui devint de plus en plus difficile de résister. Cela dura deux
« mois.

« Le père continuait de reprocher à son fils une mollesse inqualifiable et
« le regardait avec des yeux de plus en plus courroucés.

« Un jour, il alla s'informer auprès du professeur de ce que faisait son
« fils.

« — Oui, dit le professeur, il arrive, parce qu'il est intelligent, mais il n'a
« plus la bonne volonté d'autrefois. Il est somnolent, distrait et bâille
« continuellement. Ses compositions sont courtes, jetées à la hâte sur le
« papier, l'écriture est négligée. Oh ! il pourrait faire beaucoup, beaucoup
« mieux !

« Ce soir-là, le père prit son fils à part et lui dit des choses plus dures que
« l'enfant n'en avait jamais entendues :

« — Jules, tu vois que je travaille, que j'use ma vie pour ma famille. Tu
« ne me secondes pas. Tu n'as pas d'affection ni pour moi, ni pour les
« frères, ni pour ta mère !

« — Ah ! ne dites pas cela, papa ! interrompit l'enfant en éclatant en
« sanglots. Il allait ouvrir la bouche pour confesser ce qu'il avait fait quand
« son père l'interrompit en disant :

« — Tu connais les conditions dans lesquelles se trouve la famille, tu
« sais qu'il faut de la bonne volonté et des sacrifices de la part de tous !
« Moi-même, vois-tu, je devrais doubler mon travail. Je comptais ce mois-ci
« sur une gratification de cent francs, au chemin de fer, et j'ai su, ce matin,
« qu'on ne nous donnera rien.

« A cette nouvelle, Jules se tut et ne laissa pas échapper la confession
« qu'il avait l'intention de faire.

« — Non, papa, non, je ne te dirai rien, pensa-t-il, je garderai mon secret :
« car je veux travailler pour toi. Cela compensera la douleur que je te cause
« autrement. Quant à l'école, je travaillerai toujours de façon à passer mes
« examens. Ce qui importe c'est de t'aider à gagner ta vie, t'alléger la fatigue
« qui te tue.

« Et il alla de l'avant. Deux mois encore de travail de nuit et de journées
« languissantes, d'efforts désespérés de la part du fils, de reproches amers
« de la part du père.

« Mais le pire était que peu à peu celui-ci se refroidissait à l'égard de son
« enfant, ne lui parlait que rarement, comme s'il était un enfant endurci
« duquel il n'y a plus rien à attendre, et fuyait même son regard.

« Jules s'en apercevait, il en souffrait cruellement ; lorsque son père lui
« tournait le dos, il lui envoyait furtivement un baiser, et son visage expri-
« mait un sentiment de tendresse, de pitié et de tristesse. Entre le chagrin
« et la fatigue, Jules maigrissait et perdait ses belles couleurs, il était obligé
« de négliger de plus en plus ses études. Il comprenait bien que cela devait
« finir et chaque soir il se disait :

« — Cette nuit je ne me lèverai pas.

« Mais à peine minuit sonnait, au moment où il aurait dû se fortifier
« dans sa résolution, un remords le prenait. Il lui semblait que rester au lit
« c'était manquer à un devoir, c'était voler un franc à son père et à sa
« famille. Et il se levait, espérant qu'une nuit son père se réveillerait et le
« surprendrait, ou bien que par chance il s'apercevrait de la tromperie en

« comptant deux fois les bandes, et alors tout finirait naturellement, sans
« qu'il y eût de sa part un acte qu'il ne se sentait pas le courage d'accom-
« plir Et il continuait.

« Un soir, à dîner, le père prononça une parole qui fut décisive pour lui.
« La mère regardait Jules, et, le voyant plus faible et plus pâle que de
« coutume, elle dit :

« — Jules, tu es malade ? puis, se tournant anxieusement vers son mari :
« Jules est malade, regarde comme il est pâle ! Mon chéri, comment te
« sens-tu ?

« Le père jeta un coup d'œil sur lui, à la dérobée, et répondit :

« — La mauvaise conscience engendre la mauvaise santé : Jules n'était
« pas ainsi lorsqu'il était un écolier studieux et un garçon de cœur.

« Il est malade... continua la mère.

« — Cela ne me touche plus ! répondit le père.

« Cette réponse fut un coup de poignard au cœur du pauvre garçon.

« Ah ! *cela ne le touchait plus* ! son père qui tremblait autrefois, rien
« qu'en l'entendant tousser ! — Il ne l'aimait donc plus ? Il n'y avait plus
« de doute, Jules était mort dans le cœur de son père...

« Ah ! non, mon père, se dit l'enfant, le cœur serré par l'angoisse,
« maintenant je cesserai vraiment d'écrire. Je ne peux pas vivre sans ton
« affection, je veux la reconquérir tout entière, je te dirai tout, je ne te
« tromperai plus, j'étudierai comme auparavant. Arrive que pourra, pourvu
« que tu m'aimes encore, mon pauvre papa chéri ! Oh ! cette fois je serai
« ferme dans ma résolution.

« Malgré tout, il se leva encore cette nuit-là, plutôt par habitude. Quand
« il fut levé, il voulut revoir pendant quelques minutes, dans le silence de
« la nuit et pour la dernière fois, ce petit cabinet de travail où il avait tant
« travaillé secrètement, le cœur plein de satisfaction et de tendresse.
« Lorsqu'il se retrouva en face du bureau, la lampe allumée, qu'il vit les
« bandes blanches sur lesquelles il n'écrirait plus jamais, ces noms de
« villes et de personnes qu'il connaissait par cœur, il fut pris d'une grande
« tristesse, et, sans s'en douter, il saisit la plume pour reprendre l'ouvrage
« commencé. Mais, en étendant la main, il heurta un livre qui tomba à
« terre. Il eut un soubresaut de terreur. Si son père s'éveillait ! Certes, il ne
« l'aurait pas surpris commettant une mauvaise action, lui-même était
« décidé à tout lui dire ; et cependant... entendre son pas dans l'obscurité,
« être surpris à cette heure avancée de la nuit, au milieu de ce silence ;
« sa mère, qui se réveillerait sans doute, effrayée, et surtout en pensant
« que pour la première fois son père pourrait être humilié devant lui...
« il se sentait tout tremblant.

« Jules tendit l'oreille, le souffle suspendu aux lèvres... il n'entendit pas
« le moindre bruit. Rien ! rien ! Toute la maison dormait. Son père n'avait
« rien entendu. Il se tranquillisa, se remit à écrire et les bandes s'entassè-
« rent sur les bandes... Tout entier à son travail, il ne songeait ni aux pas
« cadencés des gardes qui passaient dans la rue déserte, ni au bruit qui
« cessa des voitures et des charrettes qui marchaient lentement en faisant
« trembler les vitres. Il se fit enfin un profond silence, que rompait de temps
« à autre l'aboiement lointain d'un chien. Et Jules écrivait, écrivait toujours.

« Son père, cependant, était derrière lui. Il s'était levé en entendant le

« livre tomber et avait attendu un moment propice pour aller jusqu'au
« cabinet de travail. Le bruit des charrettes avait couvert le bruit léger de
« ses pas. Oui, il était là, sa tête blanche au-dessus de la tête brune de son
« fils. Il voyait courir la plume sur les bandes et avait tout compris, certains
« détails échappés à sa mémoire lui revenaient soudain avec un regret
« profond d'avoir douté de son fils. Une tendresse extrême débordait de son
« cœur et le tenait cloué là, ému et palpitant, derrière son enfant.

« Tout à coup Jules jeta un cri : deux mains serraient convulsivement sa
« tête.

« — Ah! papa, papa, pardonne-moi, pardonne-moi, s'écria-t-il, recon-
« naissant son père à ses sanglots.

« — Pardonne-moi, toi, mon Jules chéri, répondit le père, en couvrant
« de baisers et de larmes le front de l'enfant. J'ai tout compris, je sais tout,
« et c'est moi, moi qui te demande pardon, mon fils bien-aimé; viens, viens
« avec moi.

« Il le souleva de sa chaise ou plutôt le porta sur le lit de sa mère éveillée,
« le jeta dans ses bras et lui dit :

« — Embrasse ce fils dévoué qui depuis quatre mois ne dort plus et
« travaille à ma place; je l'accusais, tandis qu'il gagnait du pain pour sa
« famille !

« La mère le serra contre son cœur sans pouvoir tout d'abord prononcer
« une parole; puis quand elle l'eut bien embrassé :

« — Au lit! tout de suite, enfant, va dormir, va te reposer... porte-le dans
« son lit.

« Le père prit Jules dans ses bras et le porta dans sa chambre, le mit au
« lit tout en le caressant avec amour, borda les couvertures, arrangea les
« oreillers :

« — Merci, papa, merci, disait l'enfant, mais va te coucher aussi: je suis
« content, bonne nuit, papa!

« Le père voulut absolument le voir endormi. Il s'assit au chevet du lit
« de son fils, lui prit la main en disant : Dors, dors, mon ange.

« Jules exténué s'endormit, et dormit longtemps, jouissant enfin, depuis
« plusieurs mois, d'un sommeil tranquille, illuminé de rêves heureux.

« Quand il ouvrit les yeux, le soleil resplendissait déjà depuis quelques
« heures, et il sentit tout près de lui, appuyée au bord du lit, la tête de son
« père, qui avait passé la nuit ainsi ; il s'était endormi heureux du repos
« de son fils! »

SOCIÉTÉ PROTECTRICE DE L'ENFANCE

Assemblée Générale du 29 Janvier 1899

CONFÉRENCE DE Mme B. MUSELIER

SOCIÉTÉ PROTECTRICE DE L'ENFANCE

Assemblée Générale du 29 Janvier 1899

CONFÉRENCE de Mme B. MUSELIER

Mesdames et Messieurs,

C'est évidemment une œuvre des plus méritoires, des plus dignes de fixer l'attention, que celle qui consiste à donner à l'enfance la protection dont elle manque.

Mais vous, Mesdames, particulièrement, ne sentez-vous pas au fond de votre cœur — qui contient cette douce chose, le sentiment de la maternité — quelque étonnement à voir qu'il faille se constituer en Société, faire effort pour protéger l'enfance ? Ne vous semble-t-il pas qu'il devrait suffire qu'elle soit aimée, comme il convient, de tous ceux à qui elle tient par un lien quelconque, pour qu'elle obtienne partout ce dont elle a besoin ?

Eh bien ! Mesdames, cela est triste à dire, mais au milieu de notre société si raffinée, si éclairée, dont nous sommes fiers, l'enfant a besoin d'une protection plus puissante, plus efficace que celle que peut lui procurer le sentiment naturel que nous venons d'évoquer.

Il a besoin de cette protection pour plusieurs raisons : d'abord parce que notre civilisation a, dans la forme de son développement industriel, faussé, presque détruit, la famille dans une partie de la classe ouvrière ; ensuite parce qu'elle a produit dans toutes les classes des vices, des goûts de plaisir malsain, et que la démoralisation des parents est fatale aux enfants ; et enfin parce que l'ignorance et les préjugés relatifs à l'hygiène du premier âge sont difficiles à détruire dans l'esprit des populations.

Mais, direz-vous avec raison : tout cela n'est pas nouveau, et cette idée de protection paraît dater seulement de quelques années.

C'est vrai, mais chose horrible, monstrueuse, nous nous sommes aperçus, depuis peu seulement, que ce que nous aurions dû toujours faire sous la seule impulsion de notre cœur, s'imposait aujourd'hui pour la prospérité, même pour la continuation de la patrie dans l'avenir; que nous avions le devoir patriotique *d'économiser* les existences d'enfants, et c'est à cela que nous n'avions pas songé jusqu'ici.

Cette question se présente donc à nous, Mesdames et Messieurs, sous deux aspects : celui d'un devoir à accomplir, et celui du sentiment naturel de tendresse, qui devrait être, nous semble-t-il, son unique origine.

En nous occupant du premier de ces deux points de vue, il faut nous hâter de dire aux fondateurs, aux membres de cette Société Protectrice de l'Enfance : Vous avez noblement accompli un grand devoir !

Mais à vous, Mesdames et Messieurs, qui nous écoutez, à vous que des circonstances diverses, ont empêché jusqu'ici de songer à ce devoir, nous dirons : Joignez vos efforts à ceux de cette Société ; apportez-lui votre appui, votre concours, votre obole, quelque petite qu'elle puisse être.

C'est là un simple devoir pour tous, mais pour quelques-uns d'entre vous, pour ceux qui ont réussi dans la vie, c'est une *dette*, oui, une dette inscrite au grand livre de leur conscience. Le mot est bien impérieux, direz-vous? Mais nous croyons qu'il est exact. Nous pourrions, pour entraîner votre conviction sur ce sujet, faire appel aux sentiments religieux que vous avez dans le cœur ; vous parler du mérite que vous créerait auprès de Dieu, votre charité, vous rappeler les divines paroles : « *Aimez-vous les uns les autres* » ou « *laissez venir à moi les petits enfants.* »

Mais cela n'est pas de notre compétence, nous préférons vous parler de *devoir* et de *dette* au nom d'un contrat consenti par vos ancêtres et auquel, quoi que vous fassiez, vous ne pouvez vous soustraire à moins de vous rejeter, nus et isolés dans la nature sauvage ; donc, nous tenterons de vous convaincre de la réalité de votre *dette* par des raisons purement humaines tirées des lois de la nature — qui sont aussi les lois divines — car, nous avons beau nous agiter ici-bas, quoi que nous fassions, quoi que nous disions, nous ne pouvons sortir du Divin, il nous pénètre, il nous enveloppe.

Pour cela, j'ai le regret de vous annoncer qu'il nous faut remonter un peu loin — avant le déluge, avant Adam même — mais nous n'y resterons pas longtemps.

Avant l'apparition de l'homme, ici-bas, il n'y avait, dans le monde, que des forces agissant sur la matière. Sous cette impulsion, les animaux faisaient ce qu'ils font du reste encore aujourd'hui pour se continuer, pour vivre — ils absorbaient la vie partout où ils la rencontraient. Selon leur conformation, les uns recherchaient les végétaux, les autres, les animaux plus faibles qu'eux.

Ils n'étaient pour cela ni cruels, ni *pleins de rage*, comme *La Fontaine* l'a dit du loup pour nous attendrir, et en lui faisant faire bien inutilement un procès de tendance à l'agneau. Ils disaient simplement : « *J'ai faim, la nature m'oblige à me nourrir de chair, je suis le plus fort, je te mange* », ou plutôt ils dévoraient tout uniment leur proie sans raisonner et ne faisaient là rien que de très normal.

Mais n'éprouvez-vous pas, Mesdames, un sentiment de révolte en présence de cette affirmation ? Oui, assurément ! C'est que vous pénétrez dans ce débat entre le *Loup et l'Agneau*, en y apportant un élément étranger à ce monde de la force et de la matière, un élément d'ordre mystérieux : *le sentiment de la Justice*

Or, pour ce monde, cet élément sans corps, sans matière, n'existe pas : le loup mange l'agneau, le chêne vit des sucs de la terre, le torrent ronge de son frôlement impétueux la roche qu'il submerge et c'est bien ! *Dieu vit que cela était bon*, dit la *Genèse*.

D'où vient donc cette notion d'une chose qui ne s'est pas manifestée encore sur la terre avant l'homme, qui n'a aucune relation avec la matière ?

De ceci : Un jour il advint, dans cette longue histoire de la création où les journées valent des milliers de siècles, au milieu de cette poussée en avant de la vie, que Dieu jeta un élément nouveau.

Il choisit un des êtres développés par l'évolution. A cette matière ainsi pétrie par sa volonté, il donna une parcelle de sa nature spirituelle, ce que nous avons appelé une âme ; il créa l'homme. Il avait pris un corps, il en avait fait le support de cette merveille : *l'âme*, quelque chose comme ces statues de bronze qui, de leur bras tendu, supportent un foyer de lumière.

Qu'apportait cet élément nouveau ? Qu'était cette lumière ?

Elle nous donnait d'abord la conscience de nous-même, puis encore la conscience de l'univers tout entier, le libre arbitre, c'est-à-dire la liberté dans le choix de nos actes, partant la responsabilité ; enfin la notion du bien, du mal, de la justice qui est enracinée en nous, qui, ne tenant à rien de matériel, est la preuve constante de cette mystérieuse chose que nous nommons l'*Ordre spirituel*.

Donc, cet élément nouveau faisait de nous un être merveilleux bien plus éloigné de l'animalité dont nous sortons que cette animalité n'est elle-même éloignée du monde minéral.

Comment allait se comporter cet être, ce dernier venu ici-bas ? Quelle influence exerceraient sur lui les vieilles lois qui avaient présidé à l'évolution de la vie, notamment la loi de sélection, la lutte pour la vie ? Comment agiraient-elles sur cet organisme couronné de spiritualité ?

Seraient-elles sans action ? Non, l'homme devait les subir encore quant à ses origines aminales. Par exemple, il s'alimenterait toujours aux dépens des manifestations inférieures de la vie ; mais sa personnalité morale qui allait donner naissance à un être collectif, au groupe humain, à la société, devait tendre par un perfectionnement lent à échapper à ces lois.

Matériellement mal armé par la nature, sans griffes ni mâchoire puissante, l'homme comprit de bonne heure que, dans ce cas, *l'union fait la force*, et donne seule la possibilité de résister à l'ennemi commun. Il se groupa avec ses semblables et forma avec eux une association offensive et défensive contre toutes les manifestations de la nature qui lui étaient hostiles ; il eut, dès lors, deux rôles à remplir : un qui touchait à ce qui lui était personnel et l'autre qui touchait aux intérêts du groupe.

Dès ce jour le devoir social était né ; la loi brutale qui faisait qu'un animal se développait en proportion de sa force, aux dépens de ceux qui l'entouraient, se trouvait pour l'homme remplacée par une loi nouvelle, l'être se développant avec et par le concours de ses coassociés.

Aider ses semblables est donc certainement le premier des devoirs sociaux, car de la prospérité de chacun dépend celle du groupe ; or, cette prospérité étant le but de l'association, la cause du contrat, chaque membre s'est tacitement engagé à la rechercher.

C'est donc bien un devoir qu'il accomplit en y aidant, c'est le devoir de tous, celui auquel chacun doit contribuer *selon ses moyens*.

Nous avons dit *selon ses moyens*, car les hommes ne sont pas égaux en facultés. La nature ne connaît pas l'égalité ; il y en a de plus ou moins forts, de plus ou moins courageux, de plus ou moins intelligents. Dans le groupe même, des différences s'établiront, les plus intelligents grandiront en richesse, en pouvoir. C'est naturel : la loi de sélection, la lutte pour la vie le veulent ainsi ; mais cette loi, qui a conduit jusque là l'évolution, va fléchir en face de l'âme humaine.

Ce n'est plus un droit pour les plus forts de grandir en écrasant les plus faibles, la notion de justice qui est entrée dans le monde avec l'âme, flétrit ce droit de la brute.

Nous ne disons certainement pas, Mesdames et Messieurs, que le fait ne se produira plus jamais, ce serait une singulière illusion de le croire, seulement par cette nouveauté, *la notion du juste*, ce fait ne trône plus imperturbablement sur la terre comme une chose légale, il est le mal, il est l'abus, il est condamnable et sera condamné souvent. Et peu à peu, cette notion, *la force n'est pas le droit*, prenant corps dans l'humanité, l'usage de la force tendra à disparaître de plus en plus entre les hommes d'un même groupe, d'une même nation, et un jour viendra peut-être où les nations y renonceront entre elles.

Nous espérons avoir réussi à prouver par les lois de l'évolution naturelle qui, nous l'avons déjà dit, ne sont autre chose que les lois divines, que tout ce qui peut contribuer à la prospérité du groupe social de la patrie, comme par exemple ce qui nous occupe aujourd'hui, les mesures de prévoyance contre la dépopulation, la protection de l'enfance s'imposait à tous comme un devoir.

Il nous reste à montrer, que c'est, pour quelques-uns, pour ceux qui ont le mieux réussi dans la vie, une *dette*, c'est-à-dire un devoir plus précis, plus déterminé, et si, Mesdames et Messieurs, ma démonstration ne vous satisfait pas complètement, je compte sur votre générosité naturelle pour suppléer à la faiblesse de mes arguments. J'espère que vous vous souviendrez qu'il a été dit « qu'il est plus facile à un chameau de passer par le trou de l'aiguille qu'à un riche d'entrer dans le royaume du ciel » et qu'il convient d'agrandir l'aiguille par générosité et largesse.

Nous avons dit tantôt que certains hommes mieux doués avaient prospéré davantage, or, la possibilité de mettre en œuvre ce supplément de qualité, d'acquérir par lui une situation favorisée, que les autres ne peuvent atteindre, leur vient en grande partie de la sécurité que ces autres ont, par leur action, procurée au groupe entier.

Les premiers n'ont-ils pas ainsi contracté une *dette* envers les seconds — sinon comme individus au moins comme groupe? et n'avons-nous pas raison d'affirmer que leur devoir social s'augmente, se précise dans une sorte de *dette* ?

J'espère que vous êtes de mon avis et que la Société Protectrice de l'Enfance en recueillera la preuve.

Après avoir examiné la question au point de vue du devoir social à accomplir, il nous reste, Mesdames et Messieurs, à parler du sentiment naturel de tendresse qui devrait suffire à nous faire accourir au secours de l'enfance.

Ici point de raisonnement, ce qu'on nomme le cri du cœur est chose spontanée ; en raisonner, c'est en diminuer la valeur ; Dieu en nous donnant notre âme, à côté de la notion de justice y a mis la pitié, la pitié qui nous rend odieuse la vue de la souffrance chez autrui, et ce sentiment d'horreur, qui est pour nous-même une douleur morale, est d'autant plus fort que l'être qui souffre est plus faible, moins capable de se défendre. C'est par la pitié, Mesdames — vous le sentez bien — que l'humanité s'éloigne le plus de son origine animale ; c'est par elle, par le dévouement, par l'abnégation, par le sacrifice, qu'elle engendre, qu'elle atteint les plus hauts sommets de la beauté morale, qu'elle se rapproche le plus du Divin.

Eh quoi ! faut-il parler de pitié à propos de l'enfant dont nous vient la plus grande, la plus pure de nos joies ? Non, tous nous accourons, riches ou pauvres, si nous entendons ses cris, si nous soupçonnons sa misère.

Ecoutez plutôt : c'est la nuit, au bord de la mer qui roule et se brise furieuse sur les galets. Le vent souffle et gémit. Dans une cabane de pêcheur une femme veille sur ses cinq enfants. L'homme, le mari, est en mer. Ah ! il est rude le travail par lequel il nourrit difficilement sa famille. Aussi le logis quoique propre n'indique pas l'aisance, loin de là, mais enfin l'on vit ! avec peine, mais l'on vit ! et l'homme oublie si facilement le danger et la souffrance quand ses cinq enfants lui sourient.

Au matin, à l'aube, Jeanne va au-devant de son mari pour lequel elle tremble toujours quand il est en mer. Mais en se mettant en route, elle se souvient qu'une voisine, veuve et plus pauvre qu'elle, est malade et seule ; elle va la visiter.

Mais écoutons le poète :

    « Elle frappe à la porte, elle écoute ; personne
    « Ne répond. Et Jeanne au vent de mer frissonne.
    « — Malade ! Et ses enfants ! comme c'est mal nourri !
    « Elle n'en a que deux, mais elle est sans mari.
    « Puis elle frappe encore. Hé ! voisine ! Elle appelle.
    « Et la maison se tait toujours. — Ah ! Dieu ! dit-elle,
    « Comme elle dort, qu'il faut l'appeler si longtemps !
    « La porte, cette fois, comme si, par instants,
    « Les objets étaient pris d'une pitié suprême,
    « Morne, tourna dans l'ombre et s'ouvrit d'elle-même.

VI

« Elle entra. Sa lanterne éclaira le dedans
« Du noir logis muet au bord des flots grondants
« L'eau tombait du plafond comme des trous d'un crible.
« Au fond était couchée une forme terrible ;
« Une femme immobile et renversée, ayant
« Les pieds nus, le regard obscur, l'air effrayant :
« Un cadavre ; autrefois, mère joyeuse et forte ; —
« Le spectre échevelé de la misère morte ;
« Ce qui reste du pauvre après un long combat.
« Elle laissait, parmi la paille du grabat,
« Son bras livide et froid et sa main déjà verte
« Pendre, et l'horreur sortait de cette bouche ouverte
« D'où l'âme en s'enfuyant, sinistre avait jeté
« Ce grand cri de la mort qu'entend l'éternité !
« Près du lit où gisait la mère de famille,
« Deux tout petits enfants, le garçon et la fille,
« Dans le même berceau souriaient endormis.
« La mère, se sentant mourir, leur avait mis
« Sa mante sur les pieds et sur le corps sa robe,
« Afin que dans cette ombre où la mort nous dérobe,
« Ils ne sentissent point la tiédeur qui décroît,
« Et pour qu'ils eussent chaud pendant qu'elle aurait froid.

VII

« Comme ils dorment tous deux dans le berceau qui tremble !
« Leur haleine est paisible, leur front calme. Il semble
« Que rien n'éveillerait ces orphelins dormant,
« Pas même le clairon du dernier jugement ;
« Car étant innocents, ils n'ont pas peur du juge.
« Et la pluie au dehors gronde comme un déluge.
« Du vieux toit crevassé d'où la rafale sort,
« Une goutte parfois tombe sur ce front mort,
« Glisse sur cette joue et devient une larme.
« La vague sonne ainsi qu'une cloche d'alarme.
« La morte écoute l'ombre avec stupidité.
« Car le corps, quand l'esprit radieux l'a quitté,
« A l'air de chercher l'âme et de rappeler l'ange ;
« Il semble qu'on entend ce dialogue étrange
« Entre la bouche pâle et l'œil triste et hagard :
« — Qu'as-tu fait de ton souffle ? — Et toi, de ton regard ?
« Hélas ! aimez, vivez, cueillez les primevères,
« Dansez, riez, brûlez vos cœurs, videz vos verres.
« Comme au sombre océan arrive tout ruisseau,
« Le sort donne pour but au festin, au berceau,
« Aux mères adorant l'enfance épanouie,
« Aux baisers de la chair dont l'âme est éblouie,
« Aux chansons, au sourire, à l'amour frais et beau,
« Le refroidissement lugubre du tombeau !

VIII

« Qu'est-ce donc que Jeannie a fait chez cette morte ?
« Sous sa cape à longs plis qu'est-ce donc qu'elle emporte ?
« Qu'est-ce donc que Jeannie emporte en s'en allant ?
« Pourquoi son cœur bat-il ? Pourquoi son pas tremblant
« Se hâte-t-il ainsi ? D'où vient qu'en la ruelle ?
« Elle court sans oser regarder derrière elle ?
« Qu'est-ce donc qu'elle cache avec un air troublé
« Dans l'ombre, sur son lit ? Qu'a-t-elle donc volé ?

IX

« Quand elle fut rentrée au logis, la falaise
« Blanchissait ; près du lit elle prit une chaise
« Et s'assit toute pâle ; ont eût dit qu'elle avait
« Un remords, et son front tomba sur le chevet,
« Et, par instants, à mots entrecoupés, sa bouche
« Parlait pendant qu'au loin grondait la mer farouche.
« — Mon pauvre homme ! Ah! mon Dieu ! que va-t-il dire ? il a
« Déjà tant de souci ! Qu'est-ce que j'ai fait, là ?
« Cinq enfants sur les bras ! ce père qui travaille !
« Il n'avait pas assez de peine ; il faut que j'aille
« Lui donner celle-là de plus. — C'est lui ? — Non. Rien.
«   J'ai mal fait. — S'il me bat, je dirai : Tu fais bien.
« — Est-ce lui ? Non. — Tant mieux. — La porte bouge comme
« Si l'on entrait. — Mais non. — Voilà-t-il pas, pauvre homme,
« Que j'ai peur de le voir rentrer, moi, maintenant ! —
« Puis, elle demeura pensive et frissonnant,
« S'enfonçant par degrés dans son angoisse intime,
« Perdue en son souci comme dans un abîme,
« N'entendant même plus les bruits extérieurs,
« Les cormorans qui vont comme de noirs crieurs,
« Et l'onde et la marée et le vent en colère.
« La porte tout-à-coup s'ouvrit, bruyante et claire,
« Et fit dans la cabane entrer un rayon blanc ;
« Et le pêcheur, trainant son filet ruisselant,
« Joyeux, parut au seuil, et dit : C'est la marine !

X

« — C'est toi ! cria Jeannie, et contre sa poitrine
« Elle prit son mari comme on prend un amant,
« Et lui baisa sa veste avec emportement,
« Tandis que le marin disait : — Me voici, femme !
« Et montrait sur son front qu'éclairait l'astre en flamme
« Son cœur bon et content que Jeannie éclairait.
« — Je suis volé, dit-il ; la mer, c'est la forêt.

« — Quel temps a-t-il fait ? — Dur. — Et la pêche ? — Mauvaise.
« Mais, vois-tu, je t'embrasse et me voilà bien aise.
« Je n'ai rien pris du tout. J'ai troué mon filet.
« Le diable était caché dans le vent qui soufflait.
« Quelle nuit ! Un moment, dans tout ce tintamarre,
« J'ai cru que le bateau se couchait, et l'amarre
« A cassé. Qu'as-tu fait, toi, pendant ce temps-là ?
« Jeannie eut un frisson dans l'ombre et se troubla.
« — Moi ? dit-elle. Ah ! mon Dieu ! rien, comme à l'ordinaire,
« J'ai cousu. J'écoutais la mer comme un tonnerre,
« J'avais peur. — Oui l'hiver est dur, mais c'est égal. —
« Alors, tremblante ainsi que ceux qui font le mal,
« Elle dit : — A propos, notre voisine est morte.
« C'est hier qu'elle a dû mourir, enfin n'importe,
« Dans la soirée, après que vous fûtes partis.
« Elle laisse ses deux enfants qui sont petits.
« L'un s'appelle Guillaume et l'autre Madeleine ;
« L'un qui ne marche pas, l'autre qui parle à peine.
« La pauvre bonne femme était dans le besoin.
« L'homme prit un air grave, et jetant dans un coin
« Son bonnet de forçat mouillé par la tempête :
« — Diable ! diable ! dit-il en se grattant la tête,
« Nous avions cinq enfants, cela va faire sept.
« Déjà, dans la saison mauvaise, on se passait
« De souper quelquefois. Comment allons-nous faire ?
« Bah ! tant pis ! ce n'est pas ma faute. C'est l'affaire
« Du bon Dieu. Ce sont là des accidents profonds.
« Pourquoi donc a-t-il pris leur mère à ces chiffons ?
« C'est gros comme le poing. Ces choses-là sont rudes,
« Il faut pour les comprendre avoir fait ses études,
« Si petits ! on ne peut leur dire : Travaillez.
« Femme, va les chercher. S'ils se sont réveillés,
« Il doivent avoir peur tout seuls avec la morte.
« C'est la mère vois-tu, qui frappe à notre porte ;
« Ouvrons aux deux enfants. Nous les mêlerons tous,
« Cela nous grimpera le soir sur les genoux.
« Ils vivront, ils seront frère et sœur des cinq autres,
« Quand il verra qu'il faut nourrir avec les nôtres
« Cette petite fille et ce petit garçon,
« Le bon Dieu nous fera prendre plus de poisson.
« Moi, je boirai de l'eau, je ferai double tâche.
« C'est dit. Va les chercher. Mais qu'as-tu ? Çà te fâche ?
« D'ordinaire, tu cours plus vite que cela.
« — Tiens, dit-elle en ouvrant les rideaux, les voilà ! »

V. Hugo. (Légende des Siècles).

Qu'a donc fait Jeannie, Mesdames? A elle seule, elle a fondé une Société Protectrice de l'Enfance, un Orphelinat.

Oh ! elle n'a pas hésité ! elle n'a pas calculé si les nouveaux venus au foyer diminueraient la part de ses propres enfants ! elle le sait bien du reste — mais qu'importe ! elle les associera à son œuvre, elle leur enseignera ainsi de bonne heure ce grand devoir de solidarité humaine dont je vous parlais tantôt. Cependant, seule, elle ne peut mener à bonne fin son entreprise, il lui faut un souscripteur à elle aussi ; quel sera-t-il ? — Son mari — Ah ! le brave homme ! il n'hésite pas non plus lui ; il ne dit pas « *si nous les recueillions ces orphelins.* » Il affirme du premier coup qu'il avait cinq enfants, et que cela fera sept — dans un seul mouvement de son cœur il pratique les trois vertus théologales : la Charité — puis par ces quelques mots « *le bon Dieu nous fera prendre plus de poisson* », la Foi et l'Espérance. — Et il complète cela par le sacrifice personnel, « *moi je boirai de l'eau, je ferai double tâche.* »

Et ne me dites pas, Mesdames, que c'est là une fiction du poète, que pareille vertu n'existe pas — vous vous tromperiez étrangement ! voilà bien au contraire la touchante charité du pauvre, sans calcul même pour l'au-delà, la charité qui surgit d'une émotion, d'un élan de cœur. Je ne vous dirai pas précisément : regardez autour de vous pour le constater — non — dans la grande ville, le café-concert, le bar, le concours de manille le samedi soir, ont un peu altéré les qualités natives du travailleur. Encore en cherchant bien vous trouveriez sûrement quelques exemples semblables — j'en ai fait l'expérience — mais dans la campagne, dans les petites agglomérations, vous seriez sans doute étonnées de voir, ce que vous êtes tentées d'appeler une fiction du poète, se présenter fréquemment à vous comme une saisissante réalité.

Et puis il faut le dire, Mesdames, la vie est bien difficile dans les grandes villes pour la famille du travailleur, elle est entravée par deux fléaux : la cherté des vivres et les tentations, les excitations aux plaisirs malsains qui absorbent une bien grande part du salaire du père ; si vous ajoutez à cela le manque absolu d'idéal, de préoccupation autre que celle du mouvement matériel de la vie, voyez ce que devient la famille et quel sera le sort de l'enfant.

C'est cependant de lui que vient encore une petite lueur de cet idéal si nécessaire à l'humanité, car l'amour paternel nous élève par le sacrifice qu'il nécessite, au-dessus du culte bestial de notre personnalité. Eh bien ! cette lueur d'idéal est encore pour beaucoup diminuée ; l'enfant n'est plus à la maison, il est à la crèche, parce que la mère est à l'atelier ; l'homme n'apporte pas assez d'argent, il faut qu'elle en gagne.

C'est là, Mesdames et Messieurs, la plus grande misère de notre temps, celle qui, sans qu'il y paraisse encore beaucoup, attaque le plus sûrement notre ordre social, dont la famille est la base. La famille dispersée, le sentiment qui la constitue s'éteint, celui de la patrie tend à disparaître et un peuple n'est plus qu'un troupeau que le premier conquérant parquera à son gré.

Mais, direz-vous, vous oubliez l'armée, cette grande école de la vertu civique, école de l'abnégation, du sacrifice. C'est vrai, Mesdames et Messieurs, nous avons là encore un appui non seulement pour la défense du pays, mais encore, quoi qu'on en dise, pour l'éducation morale de nos enfants.

Mais ici je dois m'arrêter, car à l'émotion que j'éprouve, je sens que je serais entraînée hors de notre terrain.

Oui, Messieurs de la Société Protectrice de l'Enfance, votre œuvre est grande, surveillez l'alimentation de l'enfant, conservez des hommes à la patrie. Nous avons à ce point de vue quelques idées qui sont peut-être chimériques, mais qui, après tout, peuvent contenir une part de vérité pratique et nous vous demandons la permission de les exposer.

Vous avez, sans aucun doute, rencontré dans nos rues ces voitures bruyantes, qui dans leurs flancs ajourés, montrent des rangées de caissons à compartiments où tremblotent des bouteilles de toutes couleurs, bien ornementées, pour faire naître par la vue la convoitise du palais.

Ces voitures — et Dieu sait si elles sont nombreuses — s'en vont porter leur charge dans les différents cabarets de la ville, où le soir, bien des pères de famille iront laisser leur argent, leur santé et leur dignité.

Eh bien, Mesdames, j'ai rêvé, par compensation de voir circuler dans nos rues, des voitures semblables, allant porter dans les pauvres logis des biberons stérilisés nécessaires à la consommation de l'enfant pour la journée. Vous les distribueriez ces biberons — non pas gratuitement — car la gratuité quoi qu'on en dise est un élément d'abaissement, mais pour la plus petite somme possible et gratuitement quand cela serait reconnu indispensable.

Ah ! il vous faudrait, Messieurs, de l'argent, beaucoup d'argent ! je le sais, mais vous le trouveriez, j'en ai la conviction : pour quelle idée généreuse ne souscrirait-on pas aujourd'hui ? C'est une des bonnes tendances de notre époque — qui en a assez de mauvaises — c'est une forme de la solidarité qui, bien conduite, doit donner de bons résultats.

Mais l'enfance, Mesdames et Messieurs, n'a pas seulement besoin de lait, elle a encore besoin et presque autant d'*amour*. Or, cela ne se distribue pas. La famille seule, saine, bien constituée, peut donner cette nourriture de l'âme.

L'œuvre parfaite, qui protégerait l'enfance complètement, à tous les points de vue, serait celle qui, par une organisation spéciale du travail dont la femme est capable, s'ingénierait à le lui procurer à domicile, qui lui fermerait l'usine pour rouvrir l'atelier particulier où tout en travaillant, la mère pourrait sourire à son enfant.

Comment cela peut-il se faire ? Nous l'ignorons, mais il est peu probable qu'une amélioration dans ce sens ne soit pas possible. Que ceux qui ont consacré leurs intelligences à résoudre les difficultés sociales y songent : c'est là une tâche digne de leurs efforts. Ah ! que nous comprendrions, à côté de la *Société Protectrice de l'Enfance*, une société de distribution du travail à domicile pour les mères de famille.

Et les enfants qui n'ont plus de mère, nous direz-vous ? Il leur reste l'orphelinat. Pour ceux-ci encore nous voudrions vous exposer quelques chimères qui nous ont traversé l'esprit.

L'orphelinat, quelque bien administré qu'il soit, a, par sa forme de pensionnat, l'inconvénient de ne pas donner satisfaction à ce besoin de tendresse si exigeant chez l'enfant, car la tendresse des chefs ou directeurs se subdivise, se généralise et perd son caractère bienfaisant.

N'y a-t-il pas dans le monde beaucoup de filles pauvres, qui, n'ayant pas trouvé de maris, vivotent tristement sans cette joie de la maternité, du sourire de l'enfant, pour lequel elles auraient des trésors de tendresse ?

Eh bien ! nous avons rêvé d'un grand établissement que l'on diviserait en petits locaux contenant les pièces nécessaires au logement de trois ou quatre personnes ; dans chacun de ces petits ménages, vous placeriez une de ces pauvres filles, les meilleures s'entend, vous lui confieriez deux ou trois enfants en bas âge, et en ajoutant au fruit du travail qu'on lui procurerait, la pension nécessitée pour l'entretien de ces trois orphelins, vous auriez constitué dans la plupart des cas, de véritables nids d'amour, ce qui est le vrai milieu où l'âme de l'enfant se développe bonne, apte au bien.